# L'ALIÉNISTE

DU MÊME AUTEUR
CHEZ LE MÊME ÉDITEUR

*Dom Casmurro*

*Esaü et Jacob*

*La Montre en or*

*Mémoires posthumes de Brás Cubas*

*Ce que les hommes appellent Amour*

*Le Philosophe ou le chien*
*(Quincas Borba)*

*La Théorie du médaillon*

J.M. MACHADO DE ASSIS

# L'ALIÉNISTE

*Traduit du portugais (Brésil)*
*par Maryvonne Lapouge-Pettorelli*

*Préface de Pierre Brunel*

Éditions Métailié
5, rue de Savoie, 75006 Paris
www.editions-metailie.com
2005

Titre original : *O Alienista*, Rio, 1881

ISBN : 2-86424-534-5
ISSN : 1281-5667

Un médecin fonde un asile pour les fous de la ville et fait le diagnostic de toutes les manifestations d'anormalité mentale qu'il observe. Peu à peu l'asile se remplit, bientôt il abrite la population presque tout entière, jusqu'à ce que l'aliéniste, en conséquence, sente que la vérité réside dans le contraire de sa théorie. Il fait alors relâcher les internés et enfermer la petite minorité de personnes équilibrées, parce que, en tant qu'exceptions, c'est elles qui sont réellement anormales. Puis il les libère. N'y aurait-il pas un seul homme normal ? En s'analysant bien, il constate que c'est son cas ; et il décide de s'interner, seul dans le grand bâtiment vide de l'asile, où il meurt quelques mois plus tard.

*J.-M. Machado de Assis (1839-1908), né et mort à Rio de Janeiro, est le maître incontesté de la prose brésilienne. Il est l'auteur de* Dom Casmurro, Le Philosophe ou le chien (Quincas Borba), Mémoires posthumes de Brás Cubas *et de nombreuses nouvelles.*

Pierre BRUNEL

# *Itagaï, ou le grand théâtre du monde*

## Où il sera question de la folie

Parler de la folie, quelle étrange entreprise! Le temps n'est plus où Érasme pouvait faire entendre la voix de Moria claironnant sa gloire. Les cliniciens ont substitué au langage de la folie leur langage sur la folie. Leurs adversaires ont voulu démontrer que la folie n'existait que par ce langage sur la folie, "la maladie mentale (ayant) été constituée par l'ensemble de ce qui a été dit dans le groupe de tous les énoncés qui la nommaient, la découpaient, la décrivaient, l'expliquaient, racontaient ses développements, indiquaient ses diverses corrélations, la jugeaient et éventuellement lui prêtaient la parole en articulant en son nom des discours qui devaient passer pour être les siens" (Michel Foucault, *Archéologie du savoir*). L'homme de notre temps se trouve encore placé dans un dilemme, entre deux solutions clairement présentées par Michel Serres dans *Hermès I*: "parler au sujet de la déraison", – c'est le discours du médecin; "laisser parler l'irraison elle-même", dans une dérive qui de Hölderlin à Antonin Artaud a conduit la littérature moderne jusqu'à l'une de ses limites.

Machado de Assis a, comme beaucoup d'écrivains du XIXe siècle, choisi une troisième voie, celle du récit. Elle permet, semble-t-il, de maintenir une distance sans avoir la froideur du discours scientifique. La narration est libérée de tous les prestiges de la nuit, du satanisme des *Élixirs du diable* ou du merveilleux de *La Fée aux miettes*. Contrairement à

Hoffmann ou à Nodier, Machado de Assis organise la présentation non pas autour de l'aliéné, mais autour de l'aliéniste. Il est vrai que cet aliéniste est peut-être un aliéné et qu'il se situe dans la lignée de ces savants fous dont le visage est de plus en plus inquiétant dans les romans de la fin du siècle. Le Tribulat Bonhomet de Villiers de l'Isle-Adam, positiviste avide de "choses vraies", finit par avoir peur du bruit du vent, de l'ombre d'un oiseau qui passe...

La distance entre la littérature et la folie tend à se réduire, ou même à s'abolir quand le récit est à la première personne. Dans *Aurélia*, Nerval ne franchit pas seulement les portes d'ivoire et de corne, mais la limite qui le sépare de cet "autre" qu'est le moi objectivé. Dans *Le Horla*, Maupassant conduit le narrateur jusqu'au suicide où sa parole s'éteint. De même le *Journal d'un fou* de Gogol ne pouvait déboucher que sur le silence. Machado de Assis maintient, dans *L'Aliéniste*, les droits du récit à la troisième personne. Mais quand la porte de la Maison Verte se referme sur Simon Bacamarte, on s'interroge sur la relation qui a pu exister entre le personnage et ce romancier qui aima tant les masques. La nouvelle est bien une œuvre de résistance contre ce que Michel Foucault a appelé les "aliénations qui guérissent" – ou plutôt, qui prétendent guérir. Mais comment peut-elle résister sans donner la parole à la folie? Simon Bacamarte parle peu: c'est le secret de sa force quand ses adversaires l'attaquent. Il arrive qu'on saisisse une bribe de son monologue intérieur, en particulier quand il prend la décision finale. Mais d'où Machado de Assis lui-même parle-t-il, de quel site du discours romanesque, de quelle *situation* de la parole?

## La césure

En 1881, *L'Aliéniste* est contemporain de l'illustre Jean-Martin Charcot, qui est devenu un personnage littéraire.

Machado de Assis nous renvoie pourtant à un "il y a fort longtemps" qui n'appartient peut-être pas seulement à une fiction commode, celle de tous les récits prétendument puisés dans un manuscrit trouvé ou remis, arrachés à la poussière de la chronique.

Simon Bacamarte, revenant dans son Ithaque brésilienne, Itaguaï, après un long séjour d'études en Europe, rapporte l'une des inventions les plus tristement remarquables du début du siècle, la structure asilaire. Michel Foucault, à la fin de son *Histoire de la folie* à l'âge classique, a attiré notre attention sur l'importance des décrets pris par l'Assemblée Constituante les 12 et 16 mars 1790 et sur l'esprit dans lequel ces décisions furent prises. Libérer les internés de Bicêtre, c'était se refuser à confondre plus longtemps les prisonniers de tout poil et les fous. A ces derniers devait être réservé un traitement spécial, l'hôpital. Ce qu'on appelle pudiquement "maison de santé" (maison d'espoir, maison verte...) est né à la charnière des deux siècles, et le modèle en a été pendant longtemps l'asile d'York, fondé par Samuel Tuke.

Simon est plus qu'un disciple de Tuke, ou de Pinel, ou des célèbres docteurs Blanche qui se relayèrent, à Montmartre et à Passy, pour soigner Gérard de Nerval. Il est un pionnier dans sa ville et comme l'inventeur de l'asile. Très vite, il a délaissé ses maîtres de Combra et de Padoue pour se mettre à l'école des penseurs arabes. Averroès n'a pas plus de secrets pour lui que pour le docteur Faust. Il se réfère même au Coran. Diplômé doublé d'un autodidacte, il tire de sa réflexion personnelle le projet de Maison Verte qu'il soumet au conseil municipal d'Itaguaï et qu'il réalise en lui donnant une ampleur imprévisible.

Ce praticien est avant tout un homme de théorie. Dès les débuts de l'entreprise, il part d'un postulat qui est précisément celui du nouveau partage, ce que Michel

Foucault a appelé “la césure qui établit la distance entre raison et non-raison”. Sa première surprise vient du “torrent de fous” qui, très vite, se répand sur la Maison Verte. Et c’est pourquoi il échafaude une “nouvelle théorie”, exposée dans le chapitre IV : l’île de la folie est un continent. L’idée du partage est maintenue : la séparation entre la raison et la folie est analogue à celle de la terre et des eaux. Le principe de la distinction est simple, et l’aliéniste peut l’exposer à son compère l’apothicaire :

> “La raison consiste dans le parfait équilibre de toutes les facultés. En dehors de cela, tout n’est qu’insanité, insanité et rien qu’insanité.”

Jusque-là, il a pu sembler poussé vers sa théorie par la prolifération des faits. Mais bien vite on peut le soupçonner de multiplier les faits pour alimenter son système. La ligne de partage recule sans cesse comme si le déséquilibre n’était qu’un concept flottant sur l’océan de la raison scientifique. On pourrait s’attendre à une extension de la théorie qui abolisse la césure. Mais l’autre “nouvelle théorie”, celle du chapitre XI, maintient la ligne de partage et propose un simple renversement : les états de déséquilibre sont déclarés “normaux” et, au contraire, un équilibre trop parfait est considéré comme l’indice d’un risque pathologique. La folie a changé de camp, mais la frontière reste la même. L’aliéniste ne cesse de croire à la césure, comme tous ceux qui, depuis la fin du XVIIIe siècle, ont travaillé à la constitution de la folie en maladie mentale et par là ont établi le “constat d’un dialogue rompu” entre la raison et la déraison.

Alors Simon Bacamarte veille avec un soin jaloux au partage. Non qu’il craigne pour les gens normaux. Il n’a souci que des fous dont il a pris la charge. La thérapie de l’internement n’admet pas la moindre exception, pas le moindre écart. Il n’aura plus d’innocents en liberté dans

Itaguaï, et l'on voit le médecin "parcour(ant) la foule d'un regard inquisiteur et inquiet à l'idée seulement que l'un ou l'autre de ses déments puisse s'être égaré parmi les gens sains". La césure de l'internement reproduit celle que Simon Bacamarte croit lire dans les faits. Cette mimésis confère au remède une magie que le savant se garderait sans doute de reconnaître.

Homme de science, l'aliéniste n'a rien d'un homme de dialogue. Son épouse, Dona Evarista, n'est guère qu'une présence, bientôt importune, à ses côtés. Elle voit seulement des "lunatiques" là où il détecte des fous. Des lunatiques, c'est-à-dire, comme le suggère Daniel Cameron au début de *La Fée aux miettes*, des hommes appelés ainsi "parce qu'ils s'occupent aussi peu des affaires de ce monde que s'ils descendaient de la lune" et parce qu'ils ne parlent "que de choses qui n'ont jamais pu se passer nulle part, si ce n'est à la lune, peut-être". Dona Evarista nie la ligne de partage vers laquelle peu à peu son mari implacable la repousse. Elle ne comprend pas plus ses spéculations qu'il n'admet son goût pour les fanfreluches. Il n'existe de relation "conjugale" entre eux qu'au moment où il la fait interner parce qu'elle ne parvient pas à se décider entre un collier de grenats et un collier de saphirs. Et d'ailleurs Simon Bacamarte imaginera pour le pharmacien et sa femme un idéal de vie à deux dans la Maison Verte.

Simon Bacamarte n'admet pas davantage le dialogue avec soi-même. Le dilemme d'Evarista lui apparaît comme insupportable. A son tour, il sera impatient de l'impasse dans laquelle il se trouvera à l'heure du doute, "partage entre deux sensations contradictoires, la première de satisfaction, l'autre d'abattement". L'homme du partage ne peut accepter le partage en lui-même, et c'est pourquoi il se condamne alors à l'internement, c'est-à-dire à une solitude définitive et plus profonde encore dans la Maison Verte.

Le médecin fou

Le narrateur de *La Fée aux miettes* visite à Glasgow une maison de lunatiques, “lunatique volontaire” lui-même venu “réclamer de ces infortunés quelques droits de sympathie”. Mais le plus fou de tous ceux qu’il rencontre est un “horrible homme noir” qui l’assomme de ses discours pédantesques et a la prétention de tout pouvoir expliquer. Renseignement pris, il s’agit d’“un fameux médecin de Londres qui est venu faire des observations philanthropiques dans (la) maison de Glasgow, pour l’appliquer au perfectionnement de la science et à l’amélioration du sort de tous les malades des trois royaumes”.

Très tôt, dans le récit de Machado de Assis, on soupçonne de la même façon que le fondateur de la Maison Verte est plus fou que ses patients. Dès le jour où il propose l’institution nouvelle au conseil municipal, “l’idée même de rassembler les fous et de les faire vivre sous le même toit fut interprétée comme un symptôme de démence”. A dire vrai, Itaguaï vit depuis des décennies dans la torpeur routinière d’une petite ville de province où rien ne se passe, sinon les naissances, les mariages et les décès, pour un peu on se croirait dans la bourgade de Vondervotteimittiss imaginée par Edgar Poe dans *Le Diable dans le beffroi*, dont la règle d’or, fixée par le conseil municipal, est: “C’est un crime de changer le bon vieux train des choses.”

L’insinuation prend de la force quand on constate ce qu’il y a de maniaque dans le comportement de Simon Bacamarte. Dès les premiers temps de l’expérience, “la patience de l’aliéniste” apparaît comme “encore plus stupéfiante que toutes les manies abritées dans la Maison Verte”: patience dans la collecte des données, dans l’organisation de la vie matérielle et des soins, dans la classification des cas (il y a une véritable manie taxinomique chez Simon Bacamarte, mais aussi chez les médecins du XIXe siècle). Si le paysage de la manie juxtapose sans les réunir "d'un côté, un monde détrempé, presque diluvien, où l'homme reste sourd, aveugle et endormi à tout ce qui n'est pas sa terreur panique, de l'autre, un monde ardent et désertique, un monde panique où tout est fuite, désordre, sillage instantané" (Michel Foucault), le paysage intérieur de Simon fait bien apparaître un semblable partage : Rio de Janeiro, ceux qui y sont partis, ne comptent plus pour lui ; il ne voit plus que les habitants de la Maison Verte, image idéale d'Itaguaï réduit à ses seuls cas intéressants. Au fur et à mesure qu'il engrange un nombre de plus en plus élevé de malades dans son asile, Simon Bacamarte inquiète davantage. L'aliéniste ne soigne plus les fous ; il les fabrique. Les hypothèses se multiplient, et la moindre n'est pas une "monomanie de la part du médecin lui-même". Le conseiller dissident, Sebastijo Freitas, demande à ses collègues :

> "[…] si tant de gens, dont nous estimons qu'ils ont du jugement, sont enfermés en tant que déments, qui nous assure que l'aliéné n'est pas l'aliéniste lui-même ?"

Cette conclusion est celle à laquelle parvient Simon Bacamarte lui-même, non pas au terme d'une progression, mais à la suite d'une palinodie. Il ne prend pas conscience de sa démence en découvrant une fissure secrète de son être ou en s'inquiétant d'une hypertrophie monstrueuse, mais en croyant reconnaître en lui toutes les caractéristiques de l'équilibre moral le plus accompli, y compris la modestie. Il n'est pas difficile de percevoir quelque déséquilibre dans cet équilibre-là. En se voyant pourvu de toutes les qualités possibles, et confirmé dans cette foi par ceux qui ont compris que c'était là son talon d'Achille, Simon Bacamarte cède devant une contemplation narcissique de lui-même qui ne peut que le précipiter dans le miroir de sa folie (est-ce un hasard si le motif de l'étang-miroir est si fréquent dans la littérature de la folie au XIXe siècle, en particulier dans *La Chute de la Maison Usher*?). Dès le début de la nouvelle, on devine en lui une mégalomanie, qui ne cesse de grandir. A sa fondation, la Maison Verte lui apparaissait comme "une sorte de monde, où il y a un gouvernement temporel", qu'il accepte de confier à d'autres, "et un gouvernement spirituel", qu'il n'abandonne à personne.

Pape de l'asile? – il n'hésite pas à attribuer à Benoît VIII, devant le père Lopes, une parole du Coran sur laquelle il fonde son entreprise. Dieu de l'asile? – Comment ne céderait-il pas à la tentation de le croire, lui qui s'est attribué le pouvoir de réformer les êtres et de leur donner une nouvelle naissance? Il rejoint alors dans sa folie l'un de ses malades, João de Deus, Jean de Dieu, qui "se disait sans autre façon être le Dieu Jean et promettait le royaume du Seigneur à qui se prosternerait et les affres de l'enfer à ceux qui s'en dispenseraient".

## Les deux prisons

La Maison Verte, isolant un détenu du reste de l'humanité et du monde, ne mérite qu'un nom: la prison. C'est toute la différence qui existe entre la maison du menuisier Zimmer, refuge de Hölderlin, et l'asile de Northampton où l'on a enfermé John Clare. La prise de la Bastille n'a pas suffi, ou le processus qu'elle a engagé n'est pas allé jusqu'à son terme. Comme le fait observer Michel Foucault, on ne peut parler que par antiphrase de la libération des internés de Bicêtre. A cet égard, la Révolution a été manquée.

Dans la nouvelle de Machado de Assis, un médecin rival de Simon Bacamarte, un confrère jaloux parce qu'il n'a pas de clinique, répand le premier l'opinion selon laquelle "la Maison Verte est une prison privée". Cette rumeur naît au moment où est enfermé Mateus, coupable d'aimer trop sa propre maison.

Peu à peu, l'opinion se répand. Et quand le barbier Porfirio prend la tête de la révolte, il donne le signal de ce qui doit être la prise de la "Bastille de la raison humaine". D'une révolution à l'autre il n'y aurait alors que la distance qui existe entre Paris et Itaguaï, et "les trois cents qui marchèrent sur la Maison Verte peuvent être comparés à la foule qui s'empara de la Bastille". Les canjicas sont les sans-culottes de la raison menacée.

Mais il y a un moment troublant, dans *L'Aliéniste.* C'est quand Porfirio et ses partisans envahissent la salle du conseil et ordonnent que les élus soient "dirigés sur la prison". Laquelle ? Le bâtiment de la ville prévu pour les condamnés de droit commun et les détenus politiques ? Ou, encore une fois, la Maison Verte ? Pourtant les habitants d'Itaguaï espèrent alors être bientôt délivrés de ce qui est devenu leur hantise. Tout le pays respire à la pensée que, dans les vingt-quatre heures, l'aliéniste sera mis aux fers "et la redoutable prison détruite". Une prison remplace l'autre. C'est le retour à l'Ancien Régime. C'est en tout cas, dans l'ordre du récit, le face-à-face des deux prisons. Quelle est celle qui l'emportera ? Telle est la question nouvelle qui, pendant quelque temps, donne une autre orientation au drame. D'une prison l'autre : en amont, en aval de l'Histoire, la menace est la même, et l'on comprend que, dans les cités de l'avenir qu'imagine la littérature utopique, l'asile se substitue à la prison. Et pourquoi ne songer qu'aux livres *quand l'Histoire contemporaine elle-même donne déjà à l'espace carcéral la forme de l'internement psychiatrique ?*

## Enfer et paradis

L'asile-prison n'est pas un fourre-tout, comme l'hôpital général. La science moderne se targue de savoir classer les cas, et c'est l'un des soucis premiers de Simon Bacamarte. Comme dans l'*Inferno* de Dante ou comme dans l'établissement de Sainte-Brigitte, au début des *Météores* de Michel Tournier, des cercles se dessinent : celui des fous furieux, celui des innocents, celui des monomaniaques. Encore s'agit-il là de la présentation simple que fait le narrateur. On peut imaginer que l'aliéniste s'emploie à établir des distinctions plus subtiles et qui vont s'affinant à mesure que l'expérience se prolonge : d'abord deux grandes classes, puis des sous-classes, puis des sous-sous-classes où les cas, chaque fois aberrants, ont de plus en plus de peine à trouver place. Lors même qu'il réunit les fous en un bloc, en un continent, l'aliéniste se heurte à la singularité de chacun. L'étoile de Vénus, le criminel errant, le maniaque de généalogie, le prodigue en troupeaux, tous ces cas atypiques constituent autant d'énigmes. La science s'épuise à chercher la clef dans le rattachement à un type.

Si "la famille des déshérités" est là "au grand complet", c'est bien un Enfer qui doit défiler sous nos yeux. Le récit de Machado de Assis n'évite pas alors le catalogue qui est le mode obligé de toute présentation infernale. Il fait concurrence à l'état contenu dans les registres de l'asile, dans le Livre de l'Enfer. Déjà l'enfermement est un enfer. "Je crois, écrivait John Clare en juillet 1848, qu'il y a deux ans environ qu'on m'a envoyé dans cet Enfer dont on ne me permet pas de franchir les grilles. Il n'eut jamais pire leurre que cet endroit."

Quand la théorie de l'aliéniste change, un renversement se produit. La Maison Verte n'accueille plus les tares apparentes, mais les qualités supérieures, les vertus les plus rares et par là les plus inquiétantes :

> "Les fous, à l'intérieur de l'asile, avaient été distribués par genre : une galerie, pour les humbles,

c'est-à-dire ceux qui se distinguaient par cette perfection morale ; une autre pour les tolérants ; une troisième pour les loyaux, une encore pour les candides et une pour les purs, une enfin pour les perspicaces et une dernière réservée aux magnanimes."

En tout, sept cercles qui sont, cette fois, ceux d'un paradis. La perfection de l'édifice exige que, comme dans la *Divine Comédie*, Dieu couronne le tout. Ce Dieu ne peut être que l'aliéniste lui-même, détenteur du pouvoir spirituel. Mais c'est un Dieu qui se retrouve seul dans l'autre monde déserté.

## Rhinocérite et terreur

Dans le dernier des *Chants de Maldoror*, Dieu est représenté comme un rhinocéros aveugle et furieux. La nouvelle de Machado de Assis fait penser à d'autres rhinocéros, même si l'aliéniste doit apparaître, au terme, comme le Rhinocéros suprême. L'épidémie de rhinocérite qu'Eugène Ionesco a représentée, d'abord dans une nouvelle, puis en 1959 dans une pièce de théâtre, n'est pas essentiellement différente de l'épidémie de folie qui se déclare dans Itaguaï.

Le coup d'envoi est donné par les familles, trop heureuses de se débarrasser qui d'un fou violent jusque-là retenu dans l'arrière-cuisine, qui d'un innocent abandonné à son vagabondage. De ce premier partage, de ce premier enfermement, Simon Bacamarte est l'héritier plus que le responsable. S'il a très vite à endiguer "un torrent de fous", c'est que la maladie progresse au moment où elle est reconnue, c'est surtout que la lâcheté humaine s'est, après quelques réticences, très vite rendue aux raisons d'une médecine secourable pour l'entourage du malade avant de prouver qu'elle peut l'être pour le malade lui-même.

La première théorie que formule Simon Bacamarte dans le chapitre IV l'incite à prendre dans ses filets toutes les proies qu'il peut ramener. Il est attentif au premier indice, comme au premier bubon en temps de peste, comme au premier gonflement de peau d'où sortira la corne du rhinocéros : la prodigalité de Costa, la superstition de sa cousine... Un des moments les plus saisissants à cet égard est celui où le président du conseil est déclaré atteint de la "démence des taureaux" pour avoir dit, en pleine séance, qu'il ne saurait se contenter de moins de trente *almudes* de sang pour laver l'affront subi de la part des *canjicas.* C'est à partir de ce moment-là que le ramassage des fous n'a plus de frein.

Ces indices, l'aliéniste les invente-t-il ? C'est bien plutôt une autre rhinocérite qui les lui offre : toujours la lâche complaisance des habitants d'Itaguaï. L'aliéniste n'a pas besoin, en effet, d'aller à la recherche de cas nouveaux. On les lui apporte à domicile. On l'accuse d'exercer la Terreur. Mais lui-même est dépassé par la Terreur qui s'installe et qui est due beaucoup moins à sa volonté tyrannique qu'à l'obéissance active de ceux qui devancent ses ordres et ses moindres désirs. Le moment d'acmé se situe quand s'abat sur le pays la nuée des sycophantes et des calomniateurs. Le président du conseil a été dénoncé par le rapporteur de séance.

Alors, dans ce tableau d'ensemble, la personnalité apparemment falote du pharmacien Crispim Soares peut prendre un certain relief. Ce M. Homais d'Itaguaï secondait volontiers l'aliéniste. Mais quand il croit au triomphe des *canjicas*, il ne tient plus, il se rend au palais du gouvernement pour faire alliance avec Porfirio, le maître de l'heure. En temps de Terreur, ce personnage tranquille pourrait être plus dangereux que les collaborateurs actifs.

L'aliéniste, il est vrai, fera enfermer Crispim Soares, se contentant d'alléguer que la terreur, elle aussi, est mère de la folie. L'épouvante en est l'un des signes dans les contes de

Maupassant. Mais elle peut difficilement être considérée comme un critère sûr. Le diagnostic du médecin entre en folie quand la norme initialement fixée (le partage entre l'équilibre et le déséquilibre) se révèle dépassée, subvertie par une recherche passionnelle et fanatique du cas. Tout alors peut devenir un indice suffisant, tout peut être prétexte à internement. L'histoire de notre siècle nous l'a douloureusement appris. L'apologue de Machado de Assis décrit à l'avance l'engrenage de nos modernes Terreurs.

Je ne connais pas, dans l'ensemble du livre, d'épisode plus terrifiant que l'énigme de l'anneau d'argent. Il se situe au moment où la chasse aux fous bat son plein, et il en est l'illustration la plus perverse. En faisant voter par le conseil une ordonnance autorisant le port d'un anneau d'argent au pouce de la main gauche par toute personne déclarant avoir dans les veines deux ou trois onces de sang bleu, Simon Bacamarte a l'air de faire le jeu d'un orfèvre de ses amis, que l'opération enrichit en effet. Mais le reste de son comportement n'autorise guère une semblable hypothèse. Mieux vaut considérer le résultat : tous ceux qui portent l'anneau sont internés. Il n'a pas d'effet magique, comme on tend à le suggérer. Mais il est le signe, suscité, imposé sous couleur d'un pseudo-volontariat, par le détecteur d'anomalies, par le maniaque de l'internement. Sommes-nous si loin de l'étoile jaune, de la grande confusion à des fins de partage qui a servi de support à la Terreur nazie ? Je ne le crois pas…

## La satire politique

En un autre temps, en un autre pays, Machado de Assis a vécu le problème du racisme. Il a su comment l'Amérique latine est aussi sujette aux tremblements de régime qu'aux tremblements de terre. La cité d'Itaguaï devient une allégorie politique tout à fait transparente.

L'innovation de Simon a déclenché une crise dont tentent de profiter tous ceux qui ont le goût du pouvoir. Quand Porfirio prend la tête de la révolte, il est moins poussé par le souci de la cause qu'il prétend servir que par l'ambition qu'il sent poindre en lui, "il lui apparut alors qu'en détruisant la Maison Verte et en réduisant à néant l'influence de l'aliéniste, il arriverait à prendre la haute main au conseil municipal".

Le chapitre IX nous réserve bien des surprises, qui n'en sont pas. Le titre, tout d'abord: "Deux cas merveilleux", deux cas pathologiques nouveaux qui font la joie de l'aliéniste. L'un est celui de Porfirio, l'autre est celui de la population d'Itaguaï qui l'a soutenu. Simon constate la désinvolture de l'un, la débilité de l'autre. Mais l'épisode est plus remarquable encore par la palinodie du barbier. On le croyait venu à la Maison Verte pour procéder à l'arrestation de Simon, et l'aliéniste lui-même s'y attendait. Or le nouveau chef du gouvernement insurrectionnel est à la recherche d'un compromis avec l'homme de science, qu'il veut considérer aussi comme un homme de pouvoir.

Pour le litige, il se contentera d'un "arrangement intermédiaire", et il n'est pas sûr que l'opinion publique ait raison d'estimer que les internés sont en parfaite possession de leur jugement. De toute façon, le domaine de la science appartient aux savants, et les gouvernants respectent la frontière. La faute, elle est celle de la précédente équipe municipale. Et puis surtout, la Maison Verte est devenue une institution d'utilité publique. Elle est donc une puissance politique: on ne l'abat pas, on ne la laisse pas non plus en situation d'adversaire; on compose avec elle, et on s'allie avec l'aliéniste, qui pourrait être un soutien considérable contre les ennemis potentiels du nouveau régime. En quelques phrases, le discours de Porfirio devant Simon Bacamarte rassemble toute la cautèle des politiques, toutes les tares de ces prétendues démocraties où l'on ne s'appuie sur la volonté du peuple que pour la trahir.

Dans la duplicité du barbier d'Itaguaï, qui va immédiatement tenir devant le peuple un tout autre discours, Simon veut voir un cas pathologique. Mais c'est d'abord un cas politique, hélas trop fréquent. Le machiavélisme à courte vue ne paie pas : l'aliéniste refuse de céder et continue de plus belle, allant jusqu'à faire interner cinquante partisans du nouveau régime ; un autre barbier renverse le premier et s'empare du pouvoir. Le grand coup enfin décidé par Porfirio a frappé trop tard. Mais la comédie l'emporte sur la tragédie : Porfirio sort indemne de l'aventure, et il y gagnera même la sagesse. La jalousie du "rival dans l'art du rasoir". João Pina est le contrepoint burlesque de la jalousie du médecin qui très tôt a tenté de jeter le discrédit sur la Maison Verte. Pour un peu, on jugerait plus digne Simon Bacamarte : il ne connaît pas de *golpe*, il reste maître du sort qu'il décide pour lui-même à la fin, et de son royaume, même s'il n'est plus qu'un *waste land*.

## Puissance et défiance de la parole

L'aliéniste est-il en définitive celui qui soigne la folie, celui qui la fabrique ou celui qui la porte en lui ? Le titre, revu à la lumière du récit, fait apparaître la fragilité de toute dénomination. Mais la force n'en est pas moindre. La puissance de l'aliéniste vient moins du nom qu'on lui donne que du nom nouveau qu'il donne aux choses. Mateus aime-t-il trop sa maison, le fabricant de selles est taxé de fixation sur les pierres. Evarista se préoccupe-t-elle trop de ses vêtements et de ses bijoux : sa coquetterie féminine devient "manie somptuaire" et elle est passible de l'internement. L'esprit revanchard d'un membre du gouvernement mérite le même sort quand il est appelé "démence des taureaux".

Il en va de même en politique. Tout changement passe par une nouvelle dénomination. Porfirio se fait appeler "Protecteur de la commune au nom du peuple et de Sa Majesté". On donne au chef de la Seigneurie, de la Majesté même. Il est vrai qu'à son tour il donne de la Seigneurie à l'aliéniste, le traitant de souverain à souverain.

Simon Bacamarte ne peut être dupe de la rhétorique de l'usurpateur. Depuis longtemps il soupçonne dans l'éloquence gonflée un cas de lésion cérébrale. C'est même pour cela que Martin Brito a été envoyé à la Maison Verte, et avec lui son trésor d'hyperboles, noires quand il s'agissait de célébrer la chute du marquis de Pombal, roses quand il fallait vanter les charmes (pourtant douteux) de Dona Evarista.

Qu'elle est dérisoire, et pourtant qu'elle est puissante, cette rhétorique! Il a suffi que Porfirio emprunte une image à un poète local et la répète avec une belle emphase pour qu'il entraîne tout un peuple à l'assaut de la "Bastille de la raison humaine". Simon lui-même ne recule pas devant les métaphores faciles: l'image de la perle (qu'on trouvera – jusque chez Karl Jaspers! – chez ceux qui croient que la folie enfante le génie) désigne la raison, produit de ce vaste coquillage qu'est l'esprit humain.

On ne saurait donc négliger, dans la galerie des maniaques, ce garçon, rustre et mal dégrossi, qui, chaque jour après le déjeuner, se lançait dans une harangue des plus académiques, scandée de tropes, antithèses et apostrophes, émaillée de grec et de latin, truffée de citations de Cicéron, d'Apulée et de Tertullien. Le père Lopes cherche l'explication dans le mythe de la Tour de Babel:

> "Probablement ces langues, jadis confondues, se laissent-elles aujourd'hui échanger aisément dès lors que la raison ne veille plus..."

Mais la parole finit par paraître aussi déraisonnable, qu'elle soit contrôlée ou non par la prétendue raison.

L'hétéronyme

Le langage se trouve donc mis en question, à commencer par le langage de l'écrivain. Sans doute Machado de Assis s'est-il imposé une cure de sobriété dans ce récit court, réduit à l'essentiel. Sans doute son discours ne s'enfle-t-il que pour des effets ironiques (“l'illustre médecin, le regard brillant de conviction scientifique, demeura sourd à l'amoureuse détresse de son épouse, il la repoussa doucement”). Mais il reste le langage d'un écrivain, une parole *autre.*

De ses débuts dans le journalisme, Machado de Assis a gardé l'habitude et le goût du pseudonyme. Il sera tour à tour Brás Cubas, Dom Casmurro, Aires, sans qu'aucune de ces trois figures se confonde avec la précédente. *L'Aliéniste* vient en pratique de l'anonymat des chroniques d'Itaguaï, et rien n'indique que Simon Bacamarte soit lui-même le narrateur-témoin de l'histoire de la Maison Verte. En aurait-il eu le temps, ou la force, dans les dix-sept mois d'existence que lui laisse le romancier après son internement ? Ils sont entièrement consacrés à l'étude et à sa propre guérison, et il est vrai qu'écrire sa propre histoire passe pour avoir et une valeur heuristique et une vertu cathartique. Mais la fin du récit n'en appelle pas le commencement et, malgré de vagues ressemblances (l'absence de postérité, par exemple), Simon Bacamarte n'apparaît pas comme un autre masque, comme un nouvel hétéronyme de Machado de Assis.

Pourtant le romancier a placé son personnage dans la situation où il aime à mettre ses porte-parole. Un regard surplombant permet de voir les autres comme des pantins ridicules et absurde. Car Simon Bacamarte est bien au centre du dispositif. De son observatoire de la Maison Verte il voit toute la population d'Itaguaï. Nul ne doit échapper à son regard inquisiteur. Bien plus, tous les habitants de la ville passent – j'allais dire dans la trappe – dans l'asile. Le changement de théorie a l'avantage d'y permettre l'entrée des exceptions.

Il y a dans ce livre un inépuisable de la folie, ce que Gilles Deleuze, dans une page de *Logique du sens* consacrée à Nietzsche a appelé le "Sans fond". Et comme Nietzsche, Machado de Assis bouffonne à propos du "Sans fond", ou il le fait bouffonner au risque d'entrer lui aussi dans la pantomime.

L'échantillonnage est si complet qu'il nous offre une image de l'humanité tout entière et qu'Itaguaï représente le Grand théâtre du monde. Par l'intermédiaire de l'aliéniste, le regard du romancier s'exerce une fois de plus sur la comédie humaine. Il retrouve peut-être ainsi, comme Nietzsche, le regard de la Folie érasmienne. Et à voir tant de folies, c'est à devenir fou. Simon s'enferme dans la Maison Verte. Machado de Assis écrit le mot : FIN.

Pierre Brunel

# 1

## *Où il est raconté comment Itaguaï s'enrichit d'une maison des fous*

Les chroniques de la petite cité d'Itaguaï rapportent comment, il y a fort longtemps, un certain médecin, du nom de Simon Bacamarte, fils d'un noble du pays et le plus grand parmi les médecins du Brésil, du Portugal et des Espagnes, s'y rendit célèbre. Le jeune homme avait étudié à Coimbra et Padoue. A trente-quatre ans, le roi n'ayant pu obtenir de lui qu'il demeurât soit à Coimbra pour présider aux destinées de l'université, soit à Lisbonne pour y expédier les affaires de la monarchie, il était rentré au Brésil. Je n'ai d'autre emploi, avait-il représenté à Sa Majesté, que la science, et Itaguaï est tout mon univers.

Ce qu'ayant dit, il se retira à Itaguaï et se consacra corps et âme à l'étude, alternant les cures avec les lectures et faisant la preuve des théorèmes avec des cataplasmes. La quarantaine franchie, il épousa Dona Evarista de Costa e Mascarenhas, une jeune femme de vingt-cinq ans, veuve d'un juge de district, ni bien jolie ni sympathique. Un oncle de Simon Bacamarte, réputé grand chasseur devant l'Éternel autant que pour son franc-parler, s'étonna d'un pareil choix et le lui dit. Le neveu répliqua que Dona Evarista réunissait des conditions psychologiques et anatomiques de premier ordre, elle digérait sans difficulté, dormait sans problème, avait un pouls régulier, une vue excellente : toutes qualités qui faisaient d'elle la femme indiquée pour lui donner des fils robustes, intelligents et sains. Si, en plus de ces dons – seuls dignes de l'intérêt d'un savant – les traits de Dona Evarista laissaient à désirer, loin de le déplorer, il en remerciait le ciel : ainsi serait-il protégé de négliger les impératifs de la science dans la contemplation exclusive, étriquée et vulgaire de son épouse.

Dona Evarista déçut les espérances du docteur Bacamarte, ni fils robustes, ni fils chétifs elle ne lui fit. Le naturel propre à la science est la longanimité : notre médecin attendit trois années, puis quatre, et bientôt cinq. Au bout de quel temps, il se plongea dans l'étude détaillée du phénomène, relut les auteurs, arabes et autres, ramenés avec lui à Itaguaï, manda le résultat de ses examens et investigations aux universités allemandes et italiennes, et finit par prescrire à sa femme un régime alimentaire particulier. L'illustre dame, nourrie exclusivement de belle et tendre viande porcine du pays, ne daigna pas davantage répondre aux admonestations de son époux ; de sorte que nous devons à son – explicable, mais inqualifiable – résistance l'extinction définitive des Bacamarte.

Mais la science possède cet ineffable don de guérir toutes les misères ; notre médecin se plongea entièrement dans l'étude et la pratique de la médecine. C'est alors qu'entre toutes les ramées et ramifications de cette discipline, l'une d'elles retint particulièrement son attention – le domaine psychique, l'examen de la pathologie cérébrale. Il n'y avait alors dans toute la Colonie, et jusque dans le Royaume, aucune autorité en semblable matière, mal explorée, ou pratiquement inexplorée. Simon Bacamarte comprit que la science lusitanienne, et la science brésilienne au premier chef, pouvait là se couvrir de "lauriers immarcescibles", – telle fut son expression, mais dans un moment d'envolée restreinte à l'intimité domestique ; en société, il était modeste, ainsi qu'il convient à un savant.

– La santé de l'âme, s'exclama-t-il, est la préoccupation la plus digne du médecin.

– Du véritable médecin, corrigea Crispim Soares, l'apothicaire du pays, et l'un de ses amis et commensaux.

Entre autres tares relevées par la chronique, la commune d'Itaguaï avait ce défaut de ne faire aucun cas des déments. De sorte que les fous furieux étaient verrouillés chacun dans le secret d'une alcôve, à l'intérieur de leur propre maison, jamais ne guérissant, mais dégénérant aussi longtemps que la mort ne venait pas leur soutirer le bénéfice de la vie ; quant aux innocents, ils déambulaient à loisir dans le pays. Simon Bacamarte résolut sans plus attendre de réformer une coutume aussi déplorable ; il fit une demande d'autorisation auprès du conseil municipal pour abriter et traiter dans l'établissement qu'il se proposait de faire construire tous les fous d'Itaguaï et des agglomérations avoisinantes, moyennant une allocation que le Conseil lui verserait lorsque les familles des malades ne seraient pas en condition de le faire. Sa proposition suscita la curiosité de tout le pays, et provoqua une immense résistance, tant il est vrai que les habitudes les plus absurdes, et jusque désastreuses, se laissent difficilement déraciner. L'idée même de rassembler les fous et de les faire vivre sous le même toit fut interprétée comme un symptôme de démence, et ne manqua pas la langue charitable pour glisser l'insinuation jusqu'auprès de la propre femme du médecin.

– Écoutez, Dona Evarista, lui dit le père Lopes, le curé du lieu, vous devriez suggérer à votre mari de faire un petit voyage à Rio de Janeiro. Étudier comme il fait, sans relâche, fatigue le cerveau, ça ne lui vaut rien.

Dona Evarista en resta atterrée, elle s'ouvrit à son mari, lui dit "qu'elle avait des envies" – celle en particulier d'aller à Rio de Janeiro et de manger tout ce qui lui avait été conseillé à certaine fin. Mais avec la sagacité rare qui le distinguait, le grand homme pénétra la manœuvre de son épouse et lui rétorqua en souriant de ne point s'inquiéter. Sur ce, il courut à la Mairie où les conseillers débattaient sa proposition, et il la défendît avec une telle éloquence qu'une majorité trancha sur le champ en faveur de ce qu'il avait demandé, votant même dans la foulée un impôt destiné à pourvoir à l'entretien, au logement et à la subsistance des malades mentaux sans ressources. Trouver sur quel chapitre lever cette contribution ne fut pas facile. Tout, dans Itaguaï, tombait sous l'impôt. L'accord se fit, après bien des spéculations, pour autoriser l'emploi de deux plumets sur les attelages, lors des enterrements. Qui désirerait emplumer les chevaux tirant le corbillard paierait deux testons à la commune pour chaque heure écoulée entre le décès et la bénédiction ultime au-dessus de la sépulture. Le greffier s'embrouilla dans ses calculs en voulant chiffrer le rendement éventuel de la future taxe ; et l'un des conseillers, qui n'accordait aucun crédit à l'entreprise du médecin, demanda qu'on dispensa le malheureux d'un travail aussi inutile.

– Nous n'avons aucun besoin de calculs, dit-il, car le docteur Bacamarte n'arrivera à rien. A-t-on jamais vu rassembler tous les fous sous un même toit ?

Le digne magistrat se trompait ; le médecin vint à bout de tout. Aussitôt l'autorisation en poche, il commença la construction des bâtiments. Sis dans la rue Neuve, la plus belle rue d'Itaguaï, à l'époque, l'établissement avait cinquante fenêtres de chaque côté, un patio au centre, et un grand nombre de cellules pour les futurs hôtes. Arabisant de longue date, Simon Bacamarte, dans le Coran, découvrit que Mahomet tenait les fous pour vénérables, pour la raison qu'Allah les privait de jugement afin qu'ils ne puissent se rendre coupables de péché. Cette considération lui parut jolie et judicieuse, et il la fit graver sur le frontispice de l'établissement. Mais craignant d'indisposer le curé, et son évêque par personne interposée, il attribua la sentence au pape Benoit VIII, mensonge fort pieux, du reste qui lui valut de la bouche du père Lopes, lors du déjeuner d'inauguration, le récit de la vie de l'éminent pontife.

L'asile prit le nom de la Maison Verte, par allusion à la couleur des fenêtres, les premières fenêtres peintes en vert dans Itaguaï. L'inauguration eut lieu en grande pompe ; une foule immense accourut des communes et agglomérations avoisinantes, et jusque de Rio de Janeiro, pour assister aux cérémonies qui durèrent sept jours pleins. Déjà nombre considérable de déments avaient été hospitalisés. Et les familles purent apprécier avec quelle sollicitude paternelle, quelle chrétienne charité ils allaient être traités. Plus que ravie par les honneurs dévolus à son époux, Dona Evarista s'était vêtue luxueusement et parée de soies, de fleurs et de bijoux. Elle fut une véritable reine pendant ces journées mémorables ; réelle entorse aux us modestes et casaniers du temps, nul n'omis de lui rendre visite deux ou trois fois, non point uniquement pour la saluer mais pour la complimenter car tous voyaient en elle l'épouse – détail qui parle hautement en faveur de la société de l'époque – l'épouse comblée d'un grand esprit, d'un homme illustre dans la force de l'âge, et, s'ils l'enviaient, c'était de la noble et sainte envie d'admirateurs. Au bout de sept jours, les festivités publiques expirèrent ; Itaguaï possédait enfin sa maison des Fous.

## 2

## *Un torrent de fous*

Trois jours plus tard, dans une conversation à cœur ouvert avec l'apothicaire, l'aliéniste dévoila les mystères de son âme à Crispim Soares.

– La charité, monsieur Soares, entre, c'est certain, dans ce que j'ai le projet de mener à bien, mais elle n'y entre qu'en tant qu'assaisonnement, elle est le sel de l'affaire, dans le sens où j'interprète la phrase de saint Paul aux Corinthiens : "Quand je saurais le tout de tout, si je n'ai pas la charité, je ne suis rien." L'important pour moi, dans cette entreprise qu'est la Maison Verte, c'est d'étudier la folie à fond, d'en repérer les stades, d'établir une classification des différents cas, de découvrir enfin la cause du phénomène et le remède universel. Tel est le mystère de mon cœur. Je pense faire là œuvre utile pour l'humanité.

– Utile et excellente, corrigea l'apothicaire.

– Sans cet asile, continua l'aliéniste, je ne pourrais faire grand-chose ; ainsi met-il à ma disposition un champ beaucoup plus vaste pour mes travaux.

– Beaucoup plus vaste, appuya son interlocuteur.

Et ils avaient raison. De tous les hameaux et agglomérations du voisinage, fous furieux, innocents monomaniaques, – la famille des déshérités de l'esprit au grand complet – affluaient à la Maison Verte. Au bout de quatre mois, celle-ci était un village. Les premières cellules prévues n'avaient pas suffi; Simon Bacamarte fit construire en annexe une galerie supplémentaire de trente-sept cellules. Le père Lopes dut convenir que jamais il n'aurait imaginé qu'il y ait tant de fous au monde et moins encore soupçonné les énigmes posées par certains cas. Tel, par exemple, ce garçon, rustre et mal dégrossi qui, chaque jour après le déjeuner, se lançait dans une harangue des plus académiques, scandée de tropes, antithèses et apostrophes, émaillées de grec et de latin, et truffées de citations de Cicéron, Adulée et Tertullien. Le saint homme n'en revenait pas. Quoi! un garçon qu'il avait vu, trois mois auparavant, jouer au volant dans la rue!

– Je n'en doute pas, répondait l'aliéniste; mais la vérité est ce que Votre Révérence a sous les yeux. Et ceci chaque jour que Dieu fait.

– Je ne vois pour moi d'autre explication, reprit le père Lopes, que la confusion des langues de la Tour de Babel, telle que les Écritures nous la rapporte. Probablement ces langues, jadis confondues, se laissent-elles aujourd'hui échanger aisément, dès lors que la raison ne veille plus...

– Ce peut être en effet l'explication divine du phénomène, accorda l'aliéniste après un temps de réflexion, mais il n'est pas impossible qu'il y ait aussi certaine raison humaine, et purement scientifique, et c'est ce dont j'ai à traiter...

– Quelle que soit la raison, la chose me laisse perplexe. Réellement!

Parmi les déments, trois ou quatre étaient atteints de délire amoureux, mais deux de ces cas seulement surprenaient par leur étrangeté. Le premier, un certain Falcão, un garçon de vingt-cinq ans se prenait pour l'étoile-de-Vénus; il ouvrait les bras et écartait les jambes pour rappeler la disposition des rayons, et restait dans cette position des heures et des heures à s'informer si le soleil s'était enfin levé et s'il pouvait aller se reposer. Le second faisait sans arrêt le tour des galeries et du patio, le long des couloirs, sans arrêt, sans arrêt, cherchant, disait-il, le bout du monde. C'était un pauvre diable que sa femme avait planté là pour suivre un godelureau. A peine avisé de leur fuite, il s'était précipité sur leurs talons, armé d'un pistolet; les ayant rejoints sur le bord d'un étang, il les avait occis tous les deux avec des raffinements de la dernière cruauté.

La jalousie s'était vengée, mais le vengé était désormais fou, obligé depuis lors d'avoir à marcher jusqu'au bout du monde sur la trace des fugitifs.

La manie des grandeurs ne manquait pas de représentants, l'exemple le plus saillant étant fourni par un pauvre misérable, fils d'un marchand d'habits, et qui déclamait aux murs (il ne regardait jamais personne en face) la liste de sa généalogie, laquelle consistait en cette litanie:

– Dieu engendra un œuf, l'œuf engendra l'épée, l'épée engendra David, David engendra la pourpre, la pourpre engendra le marquis, le marquis engendra le comte, que je suis.

Il se donnait un grand coup sur le crâne, faisait claquer ses doigts, et reprenait cinq, six fois d'affilée:

– Dieu engendra un œuf, l'œuf engendra, etc., etc.

Un second, atteint du même mal, était un écrivain public, qui se vendait au profit de la Couronne; un troisième, éleveur de bétail, avait la manie de distribuer des troupeaux à la ronde, trois cents têtes à celui-ci, six cents à celui-là, douze cents à tel autre, il n'en finissait pas. Je ne parle pas des monomanies à contenu religieux; je me contenterai de citer un individu lequel, puisque prénommé João de Deus, Jean de Dieu, se disait sans autre façon être le Dieu Jean, et promettait le royaume du Seigneur à qui se prosternerait et les affres de l'enfer à ceux qui s'en dispenseraient; ainsi qu'un licencié, du nom de Garcia, qui ne proférait jamais un seul mot, persuadé qu'il était que si un jour il ouvrait la bouche, toutes les étoiles se détacheraient du firmament et embraseraient la terre – car tel était le don qu'il avait reçu du ciel.

Du moins est-ce là ce qu'il écrivait sur les feuilles de papier que l'aliéniste lui faisait remettre, moins par charité que par intérêt scientifique.

Car, en vérité, la patience de l'aliéniste était encore plus stupéfiante que toutes les manies abritées dans la Maison Verte. Simon Bacamarte commença par mettre sur pied un service administratif : sur une suggestion de Crispim Soares, il engagea deux neveux de l'apothicaire qu'il chargea, s'étant acquis le consentement du conseil municipal, de constituer une armée de supplétifs, lesquels auraient pour rôle de distribuer la nourriture et les vêtements ; il procéda de même pour les écritures. Il ne pouvait en effet mieux faire pour n'avoir plus à se préoccuper que de sa propre mission.

– La Maison Verte désormais, communiqua-t-il au père Lopes, est une sorte de monde, où il y a un gouvernement temporel et un gouvernement *spirituel*.

Et le père Lopes de rire de cette pieuse permutation, et d'ajouter, pour n'être pas en reste de plaisanterie :

– Faites donc, faites donc, que j'en informe la Cour de Rome.

Une fois déchargé des affaires courantes de l'établissement, l'aliéniste procéda à une vaste classification de ses pensionnaires. Il commença par les diviser en deux grandes classes ; puis il passa aux sous-classes : monomanies, délires et hallucinations diverses. Ceci déblayé, il entreprit une analyse tenace et soutenue, consignant pour chacun des cas étudiés les habitudes du malade, ses heures de crise, ses répugnances et sympathies, son vocabulaire et son comportement, ses tendances ; il se renseignait sur sa profession, ses modes de vie, son entourage familial, s'informait des circonstances au cours desquelles le dérangement mental avait fait son apparition, des accidents et maladies survenues dans l'enfance et l'adolescence, des antécédents familiaux, une enquête des plus complètes comme ne l'aurait pas conduite le plus minutieux des enquêteurs. Il notait au jour le jour toute nouvelle observation, découverte intéressante ou phénomène extraordinaire. Parallèlement, il s'appliquait à établir le meilleur régime, les substances médicamenteuses et les soins, curatifs et préventifs, appropriés, il ne se bornait pas à ceux que mentionnaient ses chers arabes mais il expérimentait ceux qu'il avait découverts lui-même à force de patience et de sagacité. Autant de travail, évidemment, dévorait la plus grande et la meilleure part de son temps. Il dormait mal, mangeait mal ; et lorsqu'il mangeait, c'était encore comme un travail, soit qu'il se remémorât un texte ancien, soit qu'il ruminât quelque problème, sans bien souvent adresser même un mot, de tout le dîner, à Dona Evarista.

# 3

## *Dieu sait ce qu'il fait*

L'illustre dame, au bout de deux mois, s'estima la plus infortunée des femmes, elle sombra dans une profonde mélancolie, son teint jaunit, elle maigrit, ayant perdu tout appétit et poussant des soupirs à tout bout de champ. Elle n'osait proférer une plainte ni le moindre reproche, car elle continuait de respecter en Simon Bacamarte son seigneur et maître, mais elle souffrait en silence et dépérissait à vue d'œil. Un jour cependant, comme son mari, au cours du dîner, lui demandait ce qu'elle avait, elle le rassura tristement, elle n'avait rien ; puis elle s'enhardit, allant jusqu'à dire qu'elle se retrouvait toute aussi veuve qu'auparavant. Et elle ajouta :

– Qui croirait jamais qu'une demi-douzaine de lunatiques…

Mais elle laissa sa phrase en suspens, ou la ponctua plutôt en levant les yeux au plafond – ses yeux qui étaient ce qu'elle avait de plus attachant, noirs, immenses, baignés d'une lumière humide, pareils à l'aurore. La chronique ne dit pas si Dona Evarista utilisa cette arme dans le dessein pervers de tordre le cou à la science une fois pour toutes ou, à tout le moins, de lui trancher les poignets, certes, l'hypothèse est des plus vraisemblables. C'est ainsi en tout cas que l'aliéniste l'entendit. Mais le grand homme sut ne pas se froisser, il ne fut même pas navré. Le métal de ses yeux demeura identique, dur, poli, inaltéré, pas le moindre pli ne vint creuser son front, lisse comme les eaux à Botafogo. Un sourire peut-être desserra ses lèvres, entre lesquelles filtra, onctueuse comme l'huile du *Cantique*, cette petite phrase :

– Je trouve que tu ferais très bien d'aller te promener à Rio de Janeiro.

Dona Evarista sentit le sol lui manquer sous les pieds. Jamais, au grand jamais, elle n'avait vu la capitale, laquelle, tout en n'étant alors qu'une pâle esquisse de ce qu'elle est aujourd'hui représentait déjà un tout autre monde qu'Itaguaï. Pour elle, voir Rio de Janeiro c'était réaliser le rêve de l'hébreu captif. Et ce, désormais que son mari était établi définitivement en province, ce d'autant plus que ses derniers espoirs de respirer un jour l'air de notre bonne ville s'étaient évanouis ; or, voilà que justement il l'invitait à réaliser les désirs de son enfance et de son adolescence. Dona Evarista ne put dissimuler son enthousiasme devant une pareille proposition. Simon Bacamarte lui prit la main et sourit – un sourire un tant soit peu philosophe, et débordant la simple conjugalité en ce qu'il semblait signifier : "Il n'y a pas de remède assuré contre les douleurs de l'âme ; cette femme dépérit parce qu'il lui semble que je ne l'aime plus ; je lui offre Rio de Janeiro, et la voilà consolée." Et, en homme d'étude qu'il était, il prit note de l'observation.

Mais un dard traversa le cœur de Dona Evarista. Elle se contint cependant ; elle se contenta de dire à son mari que, s'il ne l'accompagnait pas, elle non plus n'irait pas. Il n'était pas question pour elle de se lancer seule sur les routes. A quoi l'aliéniste répliqua :

– Tu feras le voyage avec ta tante.

C'était aussi l'idée, il faut le noter, qui était venue à l'esprit de Dona Evarista ; mais elle s'était bien gardée de l'émettre et même de la suggérer, d'abord parce qu'elle ne voulait pas imposer une double dépense à son mari, ensuite parce qu'il lui semblait préférable, plus rationnel et adéquat, que la proposition vienne de lui.

– Oh ! Mais cela va coûter une fortune, soupira-t-elle sans conviction.

– Qu'importe ? dit le mari. Nous avons gagné beaucoup d'argent. Hier encore le commis m'a remis les comptes. Tu veux voir ?

Et il l'entraîna voir les registres. Dona Evarista en resta émerveillée. C'était une voie lactée de chiffres. Puis il la mena aux coffres, les ouvrit.

Dieu ! Il y avait là des liasses et des liasses de coupures de mille cruzeiros, des monceaux et des monceaux de doublons ; c'était l'opulence.

Tandis qu'elle dévorait l'or de ses grands yeux noirs, l'aliéniste l'observait tout en lui glissant à l'oreille, non sans perfidie :

– Qui croirait jamais qu'une demie douzaine de lunatiques…

Dona Evarista comprit, elle sourit et répondit :

– Dieu sait ce qu'il fait !

Le voyage eut lieu trois mois plus tard. Dona Evarista, la tante, la femme de l'apothicaire, un neveu de ce dernier, un prêtre dont l'aliéniste avait fait la connaissance à Lisbonne, et qui se trouvait par hasard à Itaguaï, cinq serviteurs et quatre esclaves noires préposées au service de ces dames, tel est l'équipage que la population de la petite cité, certain matin de mai, vit prendre le départ. Les adieux furent tristes pour tout le monde, l'aliéniste excepté. Les larmes de Dona Evarista, abondantes pourtant, et sincères, ne suffirent pas à l'attendrir. Homme de science, et de science uniquement, rien en dehors de la science ne pouvait l'atteindre. Et si quelque chose en la circonstance le préoccupait, s'il parcourait la foule d'un regard inquisiteur et inquiet, c'était à l'idée seulement que l'un ou l'autre de ses déments puisse s'être égaré parmi les gens sains.

Et l'équipage s'ébranla. Crispim Soares, en revenant chez lui, ne levait pas les yeux d'entre les oreilles de la monture qu'il chevauchait, cependant que Simon Bacamarte, le regard perdu à l'horizon, laissait à la sienne la responsabilité du retour. Vivante image de l'homme vulgaire et du génie! – le premier obnubilé par le présent, avec ses larmes et ses regrets, le second pénétrant l'avenir, avec ses promesses et ses aurores.

## 4

### *Une nouvelle théorie*

Au fur et à mesure que Dona Evarista, en larmes, allait à la rencontre de Rio de Janeiro, Simon Bacamarte explorait sous toutes ses faces certaine hypothèse, neuve et hardie, propre à élargir les bases de la psychologie. Et le temps dont, en ayant terminé avec les soins à donner à la Maison Verte, il pouvait disposer se révélait trop court pour sillonner les rues de maison en maison, et pour s'entretenir avec les gens de mille et un sujets, en ponctuant ses propos d'un regard qui mettait mal à l'aise jusqu'aux plus héroïques.

Un matin – trois semaines maintenant s'étaient écoulées – que Crispim Soares s'occupait à préparer une potion, on vint l'avertir que Simon Bacamarte le faisait chercher.

– Il s'agit, à ce qu'il m'a dit, précisa le messager, d'une affaire importante.

Crispim se sentit verdir. De quelle affaire importante pouvait-il s'agir, sinon de quelque mauvaise nouvelle concernant les voyageurs, et sa femme en particulier ? C'est qu'il nous faut sur ce point, étant donné que la chronique y insiste, être bien clair : Crispim Soares aimait sa femme et, depuis trente années, ils n'avaient pas été séparés un jour. Ainsi s'expliquent les monologues que les domestiques lui entendaient tenir à tout bout de champ : "Bien fait pour toi. Qui t'obligeait à laisser partir Cesaria ? Vil laquais, flagorneur ! Et cela uniquement pour flatter le docteur

Bacamarte... Endure maintenant, endure, âme servile, pleutre, capon, misérable! Tu ne sais que dire *amen* à tout? Hé bien, tu l'as, la monnaie de ta pièce!" Et suivaient d'autres qualificatifs affreux, de ceux qu'on se doit de ne point prononcer envers son prochain, et encore moins envers soi-même. Aussi n'est-il guère difficile d'imaginer en quelles affres le plongea le message. Plantant là ses drogues, il se précipita à la Maison Verte.

Simon Bacamarte l'accueillit avec l'exaltation que peut connaître un savant, une exaltation boutonnée de circonspection jusqu'au menton.

– Je suis très content, dit-il.

– Des nouvelles des nôtres? interrogea l'apothicaire d'une voix tremblante.

L'aliéniste eut un geste magnifique et répondit:

– Il s'agit de choses bien supérieures, il s'agit d'une expérience scientifique. Je dis expérience, parce que je ne me hasarderai pas à donner mon idée pour assurée; la science elle-même, monsieur Soares, n'est pas autre chose qu'une constante investigation. Donc il s'agit d'une expérience, mais une expérience qui va changer la face de la terre. Jusqu'ici la folie, objet de mes travaux, était une île perdue dans l'océan de la raison. J'en viens à soupçonner qu'il s'agit d'un continent.

Sur quoi il marqua un silence pour savourer la stupéfaction de l'apothicaire. Puis il entreprit de développer son propos de façon détaillée. La démence, à son avis, concernait une très large sphère de l'humanité, présomption qu'il étaya à grand renfort d'arguments, de textes, d'exemples. Fournis ceux-ci par l'histoire et par Itaguaï; mais, en homme d'un rare esprit, il saisît le danger de faire état de la moisson de cas glanés dans le pays même. Il se rabattit sur l'histoire, faisant servir a sa démonstration nombre de personnages célèbres, tels Socrate, qui avait un démon familier, Pascal, lequel imaginait avoir un abîme sur sa gauche, Mahomet, Caracalla, Domitien, Caligula et d'autres encore, toute une série de cas et de personnes présentant, mêlés à leur indubitable génie, des traits souvent odieux, et parfois ridicules. Et comme l'apothicaire s'étonnait de pareille promiscuité, l'aliéniste lui dit que tout cela était du pareil au même, jusqu'à conclure d'un air entendu :

– Sont féroces, monsieur Soares, les grotesques qui se prennent au sérieux.

– Plaisant, très plaisant, s'exclama Crispim Soares en levant les bras au ciel.

Quant à élargir ainsi le champ de la folie, l'idée parut extravagante à l'apothicaire ; mais sa modestie, qualité première de son caractère, ne l'autorisant guère à démontrer moins qu'un noble enthousiasme, il la déclara sublime et conforme à la vérité ; et c'est bien là, ajouta-t-il, une nouvelle "à faire publier par la *matraca*[1]", expression qui n'a plus aujourd'hui son équivalent. Itaguaï, tout comme l'ensemble des villes, villages et hameaux de l'intérieur du pays, à l'époque de la Colonie, n'avait pas de journaux et, pour divulguer les nouvelles locales, avait recours à deux expédients : soit on collait des affiches manuscrites à la porte de la mairie et de l'église paroissiale ; soit on utilisait la matraca.

Voici en quoi consistait ce système. On contractait un homme, pour une journée ou plusieurs, afin qu'il parcourt les rues du pays, une matraca à la main.

L'homme déambulait, jouant par intervalles de son instrument ; les gens se rassemblaient autour de lui qui, alors, diffusait la nouveauté : un remède contre les fièvres, des lopins de terre à labourer, un sonnet, un don ecclésiastique,

1. Planchette garnie d'un marteau mobile qui frappe alternativement les deux côtés.

les meilleurs ciseaux du pays, le discours le plus prisé de l'année, etc. La méthode présentait, certes, pour ce qui est de la tranquillité des habitants, bien des inconvénients; mais sa commodité, son grand pouvoir de diffusion, faisait qu'on s'y tenait. Ainsi, l'un des conseillers municipaux, celui, précisément, qui s'était prononcé contre la création de la Maison Verte, s'était bâti une belle réputation de dompteur de macaques et de cobras – bien que n'ayant de sa vie apprivoisé un seul de ces animaux – en ayant soin, chaque mois, de faire travailler la matraca. Et la chronique rapporte que certaines personnes affirmaient avoir vu des serpents à sonnettes danser sur la poitrine du conseiller; assertion parfaitement fausse, mais qui reposait sur la confiance indéfectible du public envers la matraca. Vraiment, vraiment: toutes les institutions de l'ancien temps ne méritent pas le mépris où les tient notre siècle.

– Il y a mieux à faire que de divulguer mon idée, c'est d'en tirer une pratique, corrigea l'aliéniste sur la suggestion de Crispim Soares.

Et l'apothicaire, opinant, dit que oui, tout compte fait, mieux valait commencer par l'exécution.

– Il sera toujours temps de confier la chose à la matraca, conclut-il.

Simon Bacamarte prit encore un temps de réflexion, puis il dit:

– Supposons que l'esprit humain est un vaste coquillage; mon but, monsieur Soares, c'est de voir si je puis en extraire la perle, qui est la raison; dit en d'autres termes: que nous délimitions définitivement les frontières entre la raison et la folie. La raison consiste dans le parfait équilibre de toutes les facultés. En dehors de cela, tout n'est qu'insanité, insanité, et rien qu'insanité.

Le père Lopes pour sa part, lorsqu'il fut mis dans la confidence, déclara sans ambage qu'il lui était impossible d'entendre la nouvelle théorie, que l'entreprise était absurde ou, sinon absurde, en tout cas tellement colossale qu'elle ne valait même pas un début d'exécution.

– Avec l'actuelle définition, celle qui a toujours eu cours, insista-t-il, les limites entre la raison et la folie ont de tout temps été parfaitement marquées. On sait où commence l'une, où finit l'autre. Pourquoi franchir cette démarcation ?

L'ombre d'un vague sourire ourla la lèvre fine et discrète de Simon Bacamarte, une amorce de sourire où le dédain se conjuguait à la commisération, mais aucun commentaire ne sortit de son éminente poitrine.

La science se contenta de tendre la main à la théologie – avec une assurance telle, que la théologie en resta sans plus savoir à qui elle devait s'en remettre : à elle-même ou à la science ? Itaguaï et l'univers étaient à la veille d'une révolution.

## 5

## *La terreur*

Quatre jours plus tard, la population d'Itaguaï apprenait, consternée, qu'un certain Costa venait d'être hébergé à la Maison Verte.

– Pas possible ?

– Et comment, pas possible ! Il a été emmené ce matin.

Ce Costa était un des citoyens les plus en vue d'Itaguaï. Il avait hérité quatre cents mille cruzeiros en bon argent du roi D. João V – une jolie somme dont la rente, précisait le testament de son oncle, devait suffire "à le faire vivre jusqu'à la fin du monde". Costa mit si peu de temps à entamer son capital et à le diviser en prêts divers, mille cruzados à l'un, deux ou trois mille à l'autre, et encore trois cents à celui-ci, huit cents à celui-là, sans jamais réclamer le moindre intérêt, qu'au bout de cinq ans il était nu. Si, du jour au lendemain, il s'était retrouvé dans la misère, la stupéfaction dans Itaguaï eut été extrême, mais la chose se produisit graduellement ; il passa comme insensiblement de l'opulence à l'aisance, de l'aisance à la médiocrité, de la médiocrité à la pauvreté, et de la pauvreté à une réelle misère. Au terme de ces cinq années ces mêmes gens, qui au début, du plus loin qu'ils l'apercevaient au coin d'une rue, se découvraient jusqu'à terre, désormais le prenaient familièrement par l'épaule, le brocardaient, lui tapotaient le nez. Et notre Costa toujours affable, enjoué. Ne discernant même pas que ceux qui s'autorisaient le plus de privautés étaient ceux, précisément, qui étaient en dette envers lui ; il les accueillait au contraire, semble-t-il, avec la plus grande satisfaction, la résignation la plus sublime. Un jour, alors qu'un de ces incurables débiteurs venait de lui décocher une plaisanterie du plus mauvais goût, et qu'il en riait, un rival observa avec une pointe de perfidie: "Vous ne supportez cet individu que dans l'attente qu'il vous paie." Costa n'eut pas une minute d'hésitation, il courut chez son débiteur, le releva de sa dette. "Ne vous extasiez pas, rétorqua l'autre. Le Costa laisse filer une étoile, une étoile qui est dans le ciel." Costa ne manquait pas de perspicacité: l'homme, sans doute, lui attribuant ce calcul d'ignorer ceux qui ne venaient pas lui puiser dans les poches, cherchait à le priver du remerciement qu'il était en droit d'attendre. Et comme il était aussi inventif que généreux, il ne lui fallut pas deux heures pour trouver comment faire la preuve que d'aussi peu honorables manœuvres n'étaient pas son genre: prenant sur ses dernières pièces d'or, il en fit porter, en guise de nouvel emprunt, à son débiteur.

– Et j'espère maintenant que… conclut-il sans terminer sa phrase.

Cet ultime beau geste convainquit les crédules et les incrédules; il ne se trouva plus une âme pour mettre en doute les sentiments chevaleresques de l'honorable citoyen. Les indigences les mieux dissimulées s'avouèrent au grand jour et s'en vinrent, dans leurs vieilles savates, leurs surtouts ravaudés, frapper à sa porte. Un ver, néanmoins, rongeait l'âme de Costa: l'opinion qu'avait de lui son adversaire. Mais cela aussi eut une fin; ce même individu trois mois plus tard, avec promesse de les lui restituer dans les deux jours, venait lui demander quelques cent-vingt cruzados; c'était tout le résidu du fameux héritage, mais c'était aussi une noble revanche: Costa dans la minute, dans la minute et sans intérêt, se défit de la somme. Il n'eut pas le temps malheureusement de se voir payé; la Maison Verte, cinq mois après, le recueillait.

On imagine la consternation dans Itaguaï, lorsqu'on apprit la chose. Il n'y eut bientôt plus d'autre sujet de conversation; le Costa, racontait-on, au réveil selon certains, à l'heure du déjeuner selon d'autres, avait subitement perdu l'esprit; et de relater ses accès ou de fureur, sombres, terribles, ou d'abattement, et même drolatiques, selon les versions. Beaucoup coururent à la Maison Verte, où ils trouvèrent le pauvre Costa, très calme, juste un peu étonné, s'exprimant de façon très claire et demandant pour quelle raison on le retenait en pareil lieu. Certains prirent sur eux d'en référer à l'aliéniste. Simon Bacamarte approuvait de tels sentiments d'estime et de compassion, mais "la science est la science", ajoutait-il, il n'aurait su laisser aller en liberté un homme privé de raison. La dernière personne à intercéder en faveur de Costa (la dernière, parce qu'à la suite de ce que je vais raconter plus personne ne s'aventura à affronter le redoutable médecin) fut une cousine à lui, une brave femme que l'aliéniste crut bon d'avertir en confidence du déséquilibre mental de son parent, vu la façon dont celui-ci avait dissipé les fonds que…

– Cela non, l'interrompit la bonne dame avec énergie, non. Si l'argent qu'il a reçu a fondu si vite ce n'est pas sa faute.

– Comment non?

– Non, monsieur. Et je vais vous raconter comment la chose s'est produite. Mon oncle, le défunt, n'était pas un méchant homme, mais lorsque la colère lui montait au nez, il ne se serait même pas incliné devant le Très-Saint Sacrement. Un jour, donc, peu avant sa mort, il s'aperçut qu'un esclave lui avait volé un bœuf. Vous imaginez quelle fut sa réaction. Il devint écarlate, il tremblait de partout, sa bouche écumait. Je m'en souviens comme si c'était hier. C'est le moment que choisit un individu, laid et chevelu, en manches de chemise, pour s'approcher et lui demander la charité d'un verre d'eau. Mon oncle, hors de lui (Dieu ait son âme), lui répondit d'aller boire à la rivière ou aux enfers. L'homme alors, le toisant, eut de la main un geste de menace et lui jeta ce sort : "Tout ton argent, aussi sûr que ceci est *l'Étoile de David,* n'ira pas au-delà de sept ans et un jour !". Et il lui montra, gravée sur son bras, *l'Étoile de David.* C'est ce sort, monsieur, c'est le sort de ce maudit homme.

Simon Bacamarte, tout le temps qu'elle parlait, n'avait pas quitté la pauvre femme de ses deux yeux acérés comme des poignards. Quand elle eut fini, très civil, ainsi qu'il aurait fait pour la propre femme du vice-roi, il lui offrit son bras et lui proposa d'aller dire un mot à son cousin. La malheureuse n'eut aucune méfiance ; il l'entraîna à la Maison Verte et la fit enfermer dans le pavillon des hallucinés.

L'annonce de ce coup perfide de la part de l'illustre Bacamarte jeta la terreur dans l'âme de la population. Personne ne voulait se rendre à cette évidence que, sans motif ni inimitié, l'aliéniste ait ainsi interné une dame parfaitement saine d'esprit et dont tout le crime consistait à avoir intercédé pour un malheureux. Partout, dans les rues, chez les barbiers, les commentaires allaient bon train. Il s'édifia un véritable roman, des avances que l'aliéniste autrefois auraient faites à la cousine de Costa, l'indignation de ce dernier, le refus offensé de la dame. Et de là la vengeance. L'affaire devenait claire. Mais l'austérité de Simon Bacamarte, l'existence studieuse qui était la sienne, semblaient démentir pareille hypothèse. Semblants que tout ceci. Ce n'était qu'habile couverture de la part du coquin. Et l'un des plus crédules finit par susurrer qu'il était, lui, au courant de certaines choses, il ne les disait pas, faute d'une totale certitude, mais il savait, il aurait pu en jurer ou tout comme.

– Vous, qui êtes un intime, que ne nous dites-vous ce dont il retourne, ce qui s'est passé, quel motif…

Crispim Soares était on ne peut plus flatté. C'était pour lui une consécration publique que tous ces gens curieux, inquiets, ces amis ébahis qui l'interrogeaient. On n'en pouvait plus douter ; tout le pays apprenait enfin que le confident de l'aliéniste, le collaborateur du grand homme et de ses œuvres, c'était lui, Crispim, l'apothicaire ; d'où la ruée dans sa boutique. C'est ce qu'exprimait sa bonne face réjouie, et son rire modeste, son rire et son silence, car Crispim Soares négligeait de répondre, si ce n'est par deux ou trois syllabes avares, lovées dans son sourire, fidèle, égal et parcimonieux, averti de ces mystères de la science qu'il lui était impossible, sauf péril ou déshonneur, de dévoiler au commun des mortels.

– Il y a quelque chose, c'est sûr, supputaient les plus méfiants.

L'un parmi ceux-ci, s'étant fait cette remarque, se contenta d'un haussement d'épaules et tourna les talons. D'autres affaires, personnelles, l'appelaient. Il achevait de faire construire une somptueuse demeure. La maison à elle seule eut suffi pour retenir et rassembler l'attention de tout le pays, mais il y avait plus – le mobilier qu'il avait, à ce qu'il disait, fait venir de Hollande et de Hongrie, et que l'on pouvait voir de la rue par les fenêtres toujours ouvertes, et le jardin qui était un chef-d'œuvre de goût, une œuvre d'art. L'homme en question, qui avait fait fortune en fabriquant ces selles rudimentaires qu'on utilisait alors, n'avait jamais nourri d'autre rêve que celui d'une belle maison avec un jardin somptueux, un mobilier précieux. Il n'abandonna pas son commerce, mais la contemplation de sa nouvelle demeure, la première d'Itaguaï, plus grandiose que la

Maison Verte, plus noble que la mairie elle-même, le dédommageait de ses efforts. Les pleurs et les grincements de dents ne manquaient pas dans la petite cité chez les personnes qui tenaient le haut du pavé, lorsqu'elles évoquaient, mentionnaient ou vantaient la maison du fabricant de selles – un vulgaire Dieu du ciel ! fabricant de selles…

– Regardez-le, qui n'en revient pas, disaient le matin les passants.

Chaque matin, en effet, Mateus avait coutume de se planter, enamouré, au milieu du jardin, couvant la maison des yeux pendant une bonne heure, en attendant qu'on l'appelle pour le déjeuner. Les voisins, bien que se découvrant devant lui en marquant un certain respect, se gaussaient dans son dos. A telle enseigne que l'un d'entre eux eut un jour ce trait qu'il eut été plus cohérent de la part de Mateus de fabriquer ses selles pour son seul usage, il ne s'en serait trouvé que plus riche ; épigramme chiffré, mais qui fit rire à gorge déployée.

– Et maintenant le voilà qui se donne en spectacle, disaient les gens l'après-midi.

Car Mateus l'après-midi, à l'heure où les familles sortaient pour la promenade (on dînait tôt), se plantait bien au centre devant sa fenêtre, de blanc vêtu sur fond obscur, superbe et seigneurial, et restait là deux ou trois heures jusqu'à ce que la nuit tombe. Il entendait, on ne peut qu'y songer – et il ne s'en était ouvert à personne, pas même à ses deux amis, le père Lopes et l'apothicaire – se faire admirer et envier. C'est bien toutefois ce qu'allégua Crispim Soares, lorsque l'aliéniste lui dit que Mateus probablement souffrait d'un amour malade pour ses pierres, manie que lui, Bacamarte, avait découverte et qu'il étudiait depuis un moment. Cette façon de contempler sa maison…

– Non, monsieur, ce n'est pas cela, corrigea vivement Crispim Soares.

– Non?

– Vous me pardonnerez, mais peut-être ne savez-vous pas que ce n'est pas admirer qu'il fait le matin, mais examiner son œuvre; l'après-midi, ce sont les autres qui l'admirent lui et la demeure. Et il décrivit l'emploi du temps de Mateus, depuis le début de l'après-midi jusqu'à la tombée de la nuit.

Une lueur de volupté toute scientifique illumina les yeux de Simon Bacamarte. Ou il ne connaissait pas encore tout des habitudes du fabricant de selles, ou il ne cherchait rien d'autre, en interrogeant Crispim Soares qu'à se faire confirmer quelque donnée incertaine ou une vague supposition. L'explication fournie le satisfit; mais comme il demeurait plongé dans cette sorte de délectation méditative propre aux savants, l'apothicaire ne vit rien qui puisse lui faire soupçonner quelque noire intention. Au contraire, on était l'après-midi, et l'aliéniste le pria de lui prêter son bras pour l'accompagner en promenade. Dieu! C'était bien la première fois que Simon Bacamarte lui marquait pareil honneur. Crispim en resta tout tremblant, et plein d'embarras, il dit que oui, bien sûr, il était prêt. Deux ou trois quidams de la campagne entrant dans la boutique sur les entrefaites, dans son for intérieur l'apothicaire les envoya au diable; non seulement ils vous retardaient la promenade, comme ils pouvaient faire que Simon Bacamarte choisisse l'un d'eux pour l'accompagner, et qu'il soit évincé. Quelle impatience! quelle angoisse! Enfin, ils sortirent. L'aliéniste l'entraîna vers la maison de Mateus, il put le voir à sa fenêtre, passa et repassa, lentement, cinq, six fois, devant la façade, s'arrêtant, observant les attitudes, l'expression du fabricant de selles. Le pauvre Mateus nota seulement qu'il faisait l'objet de la curiosité ou de l'admiration de la figure la plus en vue d'Itaguaï, il releva son col, redoubla de prestance... Et ne fit, pauvre, pauvre de lui, que se condamner plus sûrement. Le lendemain, il était emmené à la Maison Verte.

– La Maison Verte est une prison privée, dit un médecin qui n'avait pas de clinique.

Jamais une opinion ne fut reçue et répandue avec une pareille célérité. Une prison privée : tel est ce qui se répétait du nord au sud et d'est en ouest du pays – avec terreur, il faut le dire, car dans la semaine qui suivit la capture du malheureux Mateus, vingt et quelques personnes – dont deux ou trois occupant une position honorable – furent hébergées à la Maison Verte. L'aliéniste soutenait que seuls les cas pathologiques étaient ainsi admis, mais déjà bien des gens ne le croyaient plus. Les versions populaires couraient bon train : vengeance, cupidité, châtiment du ciel, monomanie de la part du médecin lui-même, ou quelque plan secret manigancé depuis Rio de Janeiro afin de détruire dans Itaguaï tout germe de prospérité menaçant de croître, de donner un arbre avec ses fleurs, et à dessein de jeter le pays dans l'opprobre ou la disette, plus mille autres explications, qui n'expliquaient rien, tel était le produit quotidien de l'imagination générale.

Sur ces entrefaites, la femme de l'aliéniste, la tante, la femme de Crispim Soares et leur suite au grand complet, ou presque – qui avaient quitté Itaguaï quelques semaines auparavant – revinrent de Rio de Janeiro. L'aliéniste s'en fut accueillir son épouse, accompagné de l'apothicaire, du père Lopes, des conseillers municipaux et autres personnalités. La chronique de l'époque tient le moment où les yeux de Dona Evarista se posèrent sur la personne de son mari pour l'un des plus sublimes dans l'histoire de l'humanité, et ceci en raison du contraste entre leurs deux natures, l'une et l'autre extrêmes, l'une et l'autre éminentes. Dona Evarista eut un cri, suivi d'un balbutiement, et se précipita vers son époux dans un mouvement qu'on ne peut mieux décrire qu'en le comparant à celui à la fois d'une tourterelle et d'un félin. Rien de semblable chez l'illustre Bacamarte : froid comme un diagnostic, et sans se départir un instant de sa scientifique impassibilité, il tendit vers la dame ses deux bras où celle-ci alla s'écrouler, et où elle s'évanouit. Incident qui ne dura pas : deux minutes plus tard, Dona Evarista pouvait recevoir les compliments de ses amis, et le cortège se mettait en marche.

Dona Evarista était l'espoir d'Itaguaï, tous comptaient sur elle pour réduire le fléau de la Maison Verte. D'où les acclamations du public, la foule encombrant les rues, les banderoles, les fleurs et les damas aux fenêtres. Le bras appuyé sur celui du père Lopes – l'éminent Bacamarte en effet avait confié sa femme à l'homme d'église et les suivait d'un pas méditatif – Dona Evarista tournait la tête d'un côté, de l'autre, fébrile, curieuse, pétulante. Le père Lopes s'informait de Rio de Janeiro qu'il n'avait pas revue depuis l'époque du vice-roi précédent ; et Dona Evarista répondait, pleine d'enthousiasme, qu'il était difficile d'imaginer plus belle chose au monde. La Promenade, un paradis, où elle s'était rendue plusieurs fois, était maintenant terminée ; et la rue des Belles Nuits, et la fontaine des canards sauvages !... Ah ! la fontaine des canards sauvages, faite, oui, de véritables macreuses, fondues dans le métal, d'où, par le bec, se déversaient les jets d'eau. Le curé opinait, la capitale en effet ne pouvait qu'être encore plus belle aujourd'hui ; ne l'était-elle pas déjà, incomparable, autrefois – et comment s'en étonner ; elle était tellement plus importante qu'Itaguaï, et le siège du gouvernement qui plus est... Mais il n'était pas question, pour autant, de rabaisser Itaguaï, qui abritait elle aussi de bien belles demeures, ainsi celles de Mateus, la Maison Verte...

– A propos de la Maison Verte, glissa le père Lopes sautant sur l'occasion, vous allez la retrouver bien pleine.

– Ah oui ?
– Oui, vraiment. Il y a là Mateus…
– Le fabricant de selles ?
– Le fabricant de selles ; et le Costa, la cousine du Costa, et un tel également, ainsi qu'un tel…
– Tout ce monde ? fou ?
– Ou tout comme, obtempéra le Père.
– Mais alors ?
Le curé eut un mouvement des lèvres, comme pour signifier qu'il n'en savait, ou n'en dirait pas plus ; vague réponse prudente en ce que, faute de texte, elle ne pourrait être rapportée. Dona Evarista trouva réellement extraordinaire que tout ces gens aient aussi soudainement perdu la raison ; un tel ou un tel, d'accord. Mais tous ? En même temps elle ne pouvait guère s'autoriser le moindre doute ; son mari était un savant ; jamais il n'aurait interné quiconque sans la preuve d'un dérangement mental.
– Sans doute… sans doute… ponctuait le père Lopes.
Trois heures plus tard quelques cinquante convives prenaient place à la table de Simon Bacamarte ; le dîner était offert en signe de bienvenue. Dona Evarista fut le thème obligé des toasts, discours et vers de toute sorte, métaphores, hyperboles et apologues. Elle se vit successivement l'épouse d'un nouvel Hippocrate, muse de la science, ange, aurore, divinité, et la charité, la vie, la consolation ; ses yeux, deux soleils au regard de l'un des conseillers municipaux, devinrent deux étoiles dans la modeste tirade de Crispim Soares. L'aliéniste écoutait, légèrement excédé, mais sans marquer d'impatience. Il se contentait de faire remarquer à l'oreille de sa femme quelles audaces autorisait la rhétorique. Dona Evarista n'eut pas demandé mieux que de se rendre à l'opinion de son mari ; mais, même en supprimant les trois quarts des louanges, il en restait assez pour la gonfler de vanité. L'un des orateurs par exemple, Martim

Brito, un garçon de vingt-cinq ans, féru de romances et d'aventures, et qui avait tout du parfait blanc-bec, fit recours dans son discours, pour éclairer la venue au monde de Dona Evarista, au plus singulier des défis : "Dieu, dit-il, ayant donné à l'univers ce diamant et cette perle de la couronne divine que sont l'homme et la femme, Dieu (et notre éloquent de faire triomphalement sonner sa phrase d'un bout à l'autre de la table) a voulu se surpasser, et il a créé Dona Evarista."

Dona Evarista baissa les yeux avec une louable modestie. Deux dames, trouvant le compliment excessif et bien audacieux, regardèrent, inquiètes, du côté de l'aliéniste ; et, à dire vrai, l'attitude de Simon Bacamarte leur parut lourde de menaces, de calculs et, probablement, de sang. L'inconvenance a passé les bornes, jugèrent les deux femmes. Et l'une comme l'autre prièrent Dieu d'écarter l'épisode tragique qui risquait de suivre ; à tout le moins de le repousser – oui, de le repousser. Au moins jusqu'au lendemain. Car – et la plus pieuse des deux dames elle-même en convint – Dona Evarista ne pouvait prêter le flanc au plus petit soupçon, tant elle était peu attirante ou jolie. Une eau tiède, vraiment. Encore que tous les goûts, n'est-ce pas, fussent dans la nature… Et à cette idée elle se reprit à trembler ; moins toutefois. Moins parce que l'aliéniste était en train d'adresser un sourire à Martim Brito, et, toute la table s'étant levée, se dirigeait vers lui et lui disait maintenant un mot de son discours. Il ne pouvait que s'incliner devant le brio d'une improvisation émaillée de traits aussi superbes. Cette idée, à propos de la naissance de Dona Evarista, elle était de lui vraiment ? Ou peut-être l'avait-il rencontrée chez un auteur qu'il… ? Non, monsieur, elle était bien de lui ; elle lui était venue pour l'occasion et lui avait paru convenir parfaitement à une envolée oratoire. Ses idées, du reste, beaucoup plus que banales ou distrayantes, étaient volontiers véhémentes. Il avait la manière épique. Une fois, par exemple, il avait composé une ode à l'occasion de la chute du marquis de Pombal, où il qualifiait le ministre de "dragon le plus repoussant du Néant", broyé aujourd'hui "sous les griffes vengeresses du Tout", et autres traits de la même veine, plus ou moins hors du commun ; il était porté aux idées rares et sublimes, aux images nobles et grandioses.

"Pauvre garçon", pensa l'aliéniste, qui poursuivit à part lui : "C'est là un cas de lésion cérébrale, phénomène sans gravité, mais qu'il convient d'étudier..."

Dona Evarista n'en revint pas lorsqu'elle apprit, trois jours plus tard, que Martim Brito à son tour venait d'être hébergé à la Maison Verte. Un garçon qui avait d'aussi jolies idées ! Les deux dames ne virent d'autre raison à la démarche de l'aliéniste que la jalousie ; réellement, la déclaration du jeune homme avait passé les bornes.

La jalousie ? Mais comment expliquer que, tout de suite après, José Borges do Couto Leme, une personne des plus estimables, le Chico das Cambrias, un joyeux vivant invétéré, le greffier Fabricio et bien d'autres subirent le même sort ? La terreur s'accentua. Déjà l'on ne savait plus qui était sain et qui devenu fou. Les femmes, quand leurs maris sortaient, faisaient brûler un cierge à la Sainte Vierge ; et bien des maris manquaient de bravoure et ne s'aventuraient plus dans les rues sans un ou deux gardes du corps. La terreur positivement. Et qui le pouvait émigrait. L'un des fugitifs eut le mauvais sort d'être rattrapé à deux cents pas du pays, un garçon d'une trentaine d'années, aimable, disert, poli, si poli qu'il ne saluait jamais quiconque sans que son chapeau aille toucher terre ; dans la rue, il lui arrivait de courir dix et jusque vingt brasses pour complimenter un homme d'âge, une dame, parfois même un gamin, comme il l'avait fait pour le fils du juge du district. Il était la courtoisie même. Et devait du reste d'être introduit dans la société beaucoup moins à des avantages naturels, qu'il avait peu, qu'à une noble persévérance dont un, deux, quatre, six refus ou visages fermés n'arrivaient à venir à bout. Une fois introduit dans une maison, il n'en sortait plus, tout comme on ne l'en laissait plus sortir, tant ce Gil Bernardes savait se montrer charmant. Donc ledit Gil Bernardes, bien que se sachant apprécié, prit peur comme tout un chacun lorsqu'un jour on lui dit que l'aliéniste l'avait à l'œil; à l'aube du lendemain il prit le large, mais il fut aussitôt rejoint et mené droit à la Maison Verte.

– Nous ne pouvons tolérer cela plus longtemps!

– Il faut en finir!

– A bas la tyrannie!

– Despote! brute! Goliath!

Ce n'était encore que murmures à l'abri des maisons, non des cris dans la rue. Mais ceux-ci n'allaient plus tarder. La terreur grandissait; la rébellion se profilait. L'idée d'envoyer une pétition au gouvernement, demandant que Simon Bacamarte soit arrêté et déporté, germa dans plus d'une tête, avant que le barbier Porfirio ne le proclame dans sa boutique avec force gestes d'indignation. Il faut préciser – et c'est là une page parmi les plus pures de cette sombre histoire – préciser donc que le Porfirio, dès l'instant où la Maison Verte avait commencé à se peupler d'aussi étrange façon, avait vu croître notablement ses revenus, puisque c'est sans arrêt qu'on avait recours à lui pour poser les sangsues; mais l'intérêt particulier devait, disait-il, céder le pas à l'intérêt général. Et il ajoutait: "Il faut renverser le tyran!" Reste à préciser également que ce cri lui échappa le jour exactement où Simon Bacamarte venait de faire interner certain individu, le Coelho, qui était en litige avec lui.

– Qu'on me démontre en quoi le Coelho est fou, braillait le barbier.

A quoi personne ne pouvait répondre; chacun répétait que le Coelho était parfaitement sain d'esprit. Le litige entre lui et Porfirio, au sujet de terres sises sur la commune, tenait à l'obscurité d'un certain document, et n'avait rien à voir avec une quelconque jalousie ou antipathie. Le mieux disposé des hommes ce Coelho. Les seules inimitiés qu'il avait se réduisaient à un petit nombre d'individus, lesquels, alléguant une humeur taciturne, ou se disant pressés, préféraient ne l'avoir pas aperçu de loin, ou encore entrer dans une boutique, tourner l'angle d'une rue, etc. Le Coelho pour tout dire, aimait la palabre, il faisait ses délices de ces longues conversations à bâtons rompus, de sorte qu'il n'était jamais seul, préférant ceux qui ont toujours deux mots à vous dire, sans pour autant négliger les autres. Le père Lopes qui cultivait le Dante, mais ne prisait guère le Coelho, s'était fait la remarque que jamais celui-ci ne prenait congé d'un interlocuteur sans déclamer et corriger cet extrait:

*La bocca solevà dal fero pasto*
*Que "seccatore"...*

mais l'antipathie du curé était loin d'être un secret pour la majorité des gens, quant aux autres ils prenaient la phrase pour une prière en latin.

## 6

## *La rébellion*

Une trentaine de personnes se joignirent au barbier, elles rédigèrent une plainte et s'en furent la porter devant le conseil municipal.

Le Conseil refusa d'en prendre acte, faisant valoir que la Maison Verte était un établissement d'utilité publique, et que la science ne pouvait en aucune façon tomber sous le coup d'une décision administrative. Encore moins dépendre d'un mouvement de rue.

– Retournez à vos occupations, dit le Président. C'est le meilleur conseil que nous puissions vous donner.

La colère des agitateurs ne connut plus de bornes. Le barbier déclara que l'heure était venue de brandir la bannière de la rébellion, et de détruire la Maison Verte, qu'Itaguaï ne pouvait plus longtemps servir de cobaye pour les travaux et les expériences d'un despote, qu'un grand nombre de personnes estimables, certaines de haut rang, d'autres plus modestes mais dignes de considération, gisaient dans les cellules de la Maison Verte, que le despotisme scientifique de l'aliéniste se doublait d'un esprit de lucre, étant donné que les malades mentaux, ou supposés tels, n'étaient pas soignés gratuitement, les familles, et la commune à défaut, défrayant le médecin.

– C'est faux, interrompit le président.

– Faux ?

– Voici environ deux semaines, nous avons reçu de l'illustre médecin une correspondance, où il nous informait que, s'agissant d'expériences du plus grand intérêt psychologique, il renonçait à l'allocation votée par le conseil municipal, de même qu'à la pension versée par les familles des malades.

L'annonce d'une démarche aussi noble, aussi désintéressée, calma un moment l'âme des rebelles ; l'aliéniste pouvait se trouver dans l'erreur, mais aucun intérêt en tout cas, autre que purement scientifique, ne l'animait ; et pour faire la preuve de l'erreur, il fallait autre chose qu'un soulèvement et des haros. Le barbier, après s'être concentré un moment, déclara qu'il se voyait investi d'un mandat public et qu'il ne rétablirait pas la paix dans Itaguaï avant que la Maison Verte, cette "Bastille de la raison humaine" – expression empruntée à un poète local et qu'il répéta avec une belle emphase – avant donc que cette nouvelle Bastille ne soit à terre.

On imagine la situation des conseillers ; il fallait sans attendre faire barrage à la rébellion, à toute effusion de sang. Pour compliquer les choses, un des conseillers, qui avait soutenu le président, en entendant l'appellation "Bastille de la raison humaine", donnée par le barbier à la Maison Verte, la trouva si élégante, qu'il changea d'opinion. Il dit qu'il jugeait de bon parti de voter une mesure de vigilance qui modère la Maison Verte ; et comme le président, indigné, manifestait sa stupéfaction en termes énergiques, le conseiller fit cette réflexion :

– Je ne connais rien à la science, mais si tant de gens, dont nous estimons qu'ils ont du jugement, sont enfermés en tant que déments, qui nous assure que l'aliéné n'est pas l'aliéniste lui-même ?

Sebastião Freitas, le conseiller dissident, avait le don de la parole, et il s'exprima un moment, avec prudence mais fermeté. Ses collègues n'en croyaient pas leurs oreilles ; le président dut le prier d'au moins donner l'exemple de l'ordre et du respect envers la loi, et de ne pas divulguer son point de vue sur la place publique, afin de ne pas donner âme et corps à la rébellion, qui n'était encore qu'un tourbillon d'atomes dispersés. Cette image atténua un peu l'effet de la première : Sebastião promit de surseoir à toute action, se réservant le droit de demander par voie légale la mise sous tutelle de la Maison Verte. Et il se répétait, ravi, enthousiaste : “Bastille de la raison humaine !”

En attendant, la révolte enflait. Ce n'était plus trente mais trois cents personnes qui appuyaient le barbier, dont il est temps de révéler le sobriquet, car celui-ci laissa son nom à la rébellion ; on le surnommait *Canjica,* soupe au lait ; et le mouvement demeura célèbre sous le nom de la révolte des *canjicas.* Soulèvement limité sans doute, dans la mesure où bien des gens, soit parce qu'ils avaient peur, soit parce que leurs habitudes d'éducation ne pouvaient le leur permettre, ne descendirent pas dans la rue ; mais le sentiment était unanime, ou quasi unanime ; et, compte tenu des différences existant entre Paris et Itaguaï, les trois cents qui marchèrent sur la Maison Verte peuvent être comparés à la foule qui s'empara de la Bastille.

Très peu de temps avant que les émeutiers débouchent devant la maison, Dona Evarista fut prévenue. Elle était en train d'essayer une robe de soie – l'une des trente-sept robes qu'elle avait rapportées de Rio de Janeiro – et n'en voulut rien croire.

– Sûrement, ce n'est qu'une ribote, faisait-elle en rectifiant la position d'une épingle. Regarde bien, Benedita, si l'ourlet tombe comme il faut.

– Il va, Maîtresse, il va, répondait la femme, assise sur ses talons. Que Maîtresse tourne encore un petit peu. Voilà ! Ce sera parfait.

– Ce n'est pas une ribote, Madame, répétait le gamin noir venu apporter la nouvelle. Ils crient : Tyran ! À mort ! À mort le docteur Bacamarte !

– Tais-toi, nigaud. Benedita, regarde encore de ce côté, il me semble que la couture va un peu de travers ? La raie bleue ne descend pas jusqu'en bas. Il faut découdre et rectifier pour qu'elle tombe droit.

– À mort le docteur Bacamarte ! À mort le Tyran ! on entendait maintenant les trois cents voix. C'était la rébellion qui débouchait dans la rue Neuve.

Le sang reflua du visage de Dona Evarista. Tout d'abord, elle n'eut pas un geste, ne put faire un pas ; la terreur la pétrifia. La servante, instinctivement, s'éclipsa par la porte du fond. Quant au gamin que Dona Evarista n'avait pas voulu croire, il eut une mimique de triomphe, un petit mouvement imperceptible, contenu, de satisfaction morale, en voyant que les faits lui donnaient raison.

– Mort à l'aliéniste ! vociféraient les voix maintenant plus proches.

Dona Evarista, si elle avait du mal à se maîtriser dans les moments d'heureuse émotion, savait se montrer ferme dans les heures de danger. Elle ne s'évanouit pas ; elle se précipita dans la pièce où travaillait son mari, au fond de la maison. Lorsqu'elle entra, en courant, elle le trouva penché sur un texte d'Averroès ; les yeux de Simon Bacamarte allaient du livre au plafond et du plafond au livre, embués par la concentration, yeux de voyant, tout ouverts aux choses de l'esprit, mais aveugles à la réalité extérieure. Par deux fois Dona Evarista appela son mari sans qu'il s'aperçoive de sa présence ; la troisième fois, il l'entendit et lui demanda ce qui se passait, si elle était malade.

– Mais tu n'entends pas, tu n'entends pas ces cris ? demanda la digne femme en larmes.

L'aliéniste, alors, prêta l'oreille ; les cris se rapprochaient, terribles, menaçants ; il comprit sur le champ. Il se leva de la chaise à dossier sur laquelle il était assis, ferma son livre, alla le replacer, d'un pas ferme et tranquille, sur l'étagère. Ayant dans son geste dérangé quelque peu l'ordonnance des deux tomes voisins, il s'appliqua à corriger ce défaut minime mais néanmoins intéressant. Puis il dit à sa femme de se retirer dans sa chambre et de ne pas bouger.

– Non, non, suppliait la digne épouse, je veux mourir à tes côtés...

Simon Bacamarte insista, qu'elle reste tranquille, il n'était pas question de mort ; et en admettant même que ce fut le cas, il lui intimait l'ordre, au nom de la vie, de ne pas s'exposer. La malheureuse créature, docile, effondrée, courba la tête.

– À bas la Maison Verte ! hurlaient les canjicas.

L'aliéniste se dirigea vers la véranda, devant la maison, où il apparut comme les émeutiers de leur côté arrivaient devant la façade et s'arrêtaient, leurs trois cents têtes rutilantes de civisme et lugubres de désespoir.

– À mort ! À mort ! hurlèrent toutes les poitrines, à peine la silhouette de l'aliéniste se fut-elle montrée sur la véranda. Simon Bacamarte fit un geste de la main pour réclamer la parole ; les clameurs d'indignation couvrirent sa voix. Enfin, brandissant son chapeau pour imposer silence à la foule, le barbier réussit à calmer ses compagnons, et il déclara à l'aliéniste que, d'accord, il pouvait parler, mais qu'il n'aille pas pour autant, ajouta-t-il, abuser de la patience du peuple comme il avait fait jusque-là.

– Je dirais peu, et peut-être rien s'il le faut. Mais je désire d'abord savoir ce que vous voulez.

– Nous ne voulons rien, répliqua le barbier et sa voix frémissait ; nous ordonnons que la Maison Verte soit démolie, ou vidée à tout le moins des malheureux infortunés qui y sont enfermés.

– Je ne comprends pas.

– Vous comprenez fort bien, tyran. Nous voulons libérer les victimes de votre haine et de votre cupidité, de vos lubies…

L'aliéniste sourit, mais le sourire d'un homme de cette envergure, une infime contraction de deux ou trois muscles, ne pouvait être perçu par la foule. Il sourit et répondit :

– La science, messieurs, est une chose sérieuse, et elle demande à être traitée avec sérieux. Je n'ai à répondre de mes décisions en tant qu'aliéniste devant personne, Dieu et mes maîtres exceptés. Si vous désirez corriger notre organisation sur le plan administratif, je suis prêt à vous entendre ; mais si votre but est que je me désavoue, vous perdez votre temps. Je pourrais inviter un certain nombre d'entre vous, mandatés par les autres, à venir avec moi voir les malades dans leurs cellules ; mais je me garderai de le faire, car ce serait vous rendre compte de mon système, ce que je ne puis consentir ni à des profanes, ni à des rebelles.

Simon Bacamarte s'étant exprimé de la sorte, la foule resta abasourdie ; elle ne s'attendait guère, c'est clair, à un pareil courage, et moins encore à une pareille sérénité. Mais lorsqu'elle vit l'aliéniste, après avoir salué avec beaucoup de gravité, tourner les talons, et se retirer à l'intérieur de la maison, sa stupéfaction fut à son comble. Le premier à retrouver ses esprits fut le barbier ; brandissant toujours son couvre-chef, il invita ses compagnons à saccager la Maison Verte ; seules quelques voix, et peu convaincues, firent chorus. C'est à cet instant décisif que le barbier sentit poindre en lui l'ambition du pouvoir ; il lui apparut alors qu'en détruisant la Maison Verte, et en réduisant à néant l'influence de l'aliéniste, il arriverait à prendre la haute main au sein du conseil municipal, à s'imposer aux autorités et à devenir le maître d'Itaguaï. Voilà des années qu'il faisait des pieds et des mains pour voir son nom couché sur les diverses listes établies lors du tirage au sort pour élire le maire du pays, mais sa modeste position sociale, incompatible avec une charge aussi haute, l'avait toujours fait évincer. C'était l'occasion ou jamais. D'autre part, il était maintenant allé trop loin, avait attisé le soulèvement trop ouvertement, un échec signerait sa condamnation, la prison, et peut-être la pendaison, ou la déportation. Malheureusement la réponse de l'aliéniste avait atténué la rage de ses partisans. Le barbier, dès qu'il s'en aperçut, se sentit frémir d'indignation ; il voulut leur crier : – Canailles ! couards ! – mais il se contint, et prit ce biais :

– Luttons, mes amis, achevons sans faiblir. Le salut d'Itaguaï repose entre vos mains dignes et héroïques. Détruisons la prison de vos fils et vos pères, vos mères et sœurs, vos parents, vos amis – votre prison future. Ou vous mourrez au pain et à l'eau, peut-être sous le fouet, dans les geôles de cet homme indigne.

La masse s'ébroua, murmura, haussa le ton, elle se fit menaçante, se resserra derrière le barbier. La rébellion, après une légère syncope, revenait à elle, et menaçait d'en finir avec la Maison Verte.

– Allons-y ! lança Porfirio, en agitant son couvre-chef au-dessus des têtes.

– Allons-y ! répéta la foule.

Un incident les arrêta net : un corps de dragons, au pas de charge, venait d'entrer dans la rue Neuve.

# 7

## *L'inespéré*

Une fois les dragons arrivés à hauteur des émeutiers, il y eut un moment de stupeur : les canjicas refusaient de croire qu'on ait pu lancer contre eux les forces de l'ordre ; mais le barbier comprit la situation en un instant, il attendit. Les dragons s'arrêtèrent et le capitaine intima l'ordre aux canjicas de se disperser. Mais au moment où une partie d'entre eux allait obtempérer, l'autre soutint avec force le barbier, dont la réponse ne fut autre que cette envolée :

– Nous ne nous disperserons pas. Si ce sont nos cadavres que vous voulez, vous pouvez les prendre. Vous n'emporterez ni notre honneur, ni notre crédit, pas plus que nos droits, l'honneur d'Itaguaï.

Rien de plus imprudent que pareils accents – et de plus naturel en même temps. C'était le vertige des grandes crises. Et peut-être aussi une trop grande confiance, la conviction que les dragons ne pouvaient faire usage de leurs armes. Conviction que le capitaine dissipa dans l'instant, en donnant l'ordre de charger. La suite fut indescriptible. La foule déchaînée hurla, quelques canjicas, soit en grimpant aux fenêtres des maisons voisines, soit en se précipitant dans les rues adjacentes, réussirent à s'enfuir ; mais la grande majorité, indignée, écumant de colère, stimulée par les exhortations du barbier, tint bon. La déroute des canjicas, cependant, ne pouvait que suivre, lorsque subitement

– quelle que soit la raison, la chronique n'en souffle pas mot – un tiers des dragons passa du côté des rebelles. Ce renfort inattendu donna du cœur aux canjicas, en même temps qu'il provoquait l'abattement dans les rangs de la légalité. Les soldats demeurés loyaux n'eurent pas le courage de tirer sur leurs propres camarades, ils vinrent, l'un après l'autre, se ranger à leurs côtés, de sorte qu'au bout de quelques minutes le tableau avait changé du tout au tout. Le capitaine se retrouvait d'un côté, entouré d'un fort petit nombre, face à une masse compacte qui le menaçait de mort. Se voyant sans recours, il se reconnut vaincu et remit son épée au barbier.

La révolution triomphante ne perdit pas une minute; confiant ses blessés aux soins des maisons voisines, elle prit le chemin de la mairie. Le peuple et la troupe fraternisaient, clamant ses vivats à l'adresse du roi, du vice-roi, d'Itaguaï, de "l'illustre Porfirio". Celui-ci allait en tête, portant l'épée au poing avec aisance, comme si elle n'eut été qu'une de ses lames de barbier, seulement un peu plus longue. La victoire le nimbait au front d'une auréole mystérieuse. Déjà la dignité du pouvoir lui raidissait les hanches.

Voyant, depuis les fenêtres, revenir la foule et les dragons, les conseillers imaginèrent que la troupe avait fait prisonniers les émeutiers et, sans plus attendre, ils votèrent une pétition à l'adresse du vice-roi demandant qu'un mois de solde soit versé en prime au corps des dragons, "dont le courage a sauvé Itaguaï de l'abîme où l'avait précipitée une bande de rebelles". La formule fut proposée par le conseiller dissident, Sebastião Freitas, dont la prise de position en faveur des canjicas avait si fort scandalisé ses collègues. Mais très vite l'illusion s'effondra. Les vivats en l'honneur du barbier, les cris de mort à l'adresse de l'aliéniste et du conseil les avertirent quant à la triste réalité. Le président ne se laissa pas abattre:

– Quel que soit notre sort, souvenons-nous, dit-il, que nous sommes au service de Sa Majesté et de son peuple.

Sebastião Freitas fit valoir que de se retirer par les arrières du bâtiment et de soumettre l'affaire au juge de district était peut-être la meilleure façon de servir les intérêts du peuple et la Couronne, mais le conseil municipal, à l'unanimité, repoussa sa proposition.

Juste à ce moment le barbier pénétrait, entouré de ses seconds, dans la salle du Conseil et signifiait leur défaite aux élus. Ces derniers n'opposèrent aucune résistance et furent aussitôt dirigés sur la prison. Les partisans de Porfirio lui proposèrent alors, au nom de Sa Majesté, d'assumer la responsabilité des affaires publiques. Et Porfirio, bien que sachant, précisa-t-il, quelles épines agrémentaient la charge, accepta. Il ajouta qu'il comptait sur le concours de chacun ; à quoi ses compagnons présents s'empressèrent d'acquiescer. Le barbier parut à la fenêtre, d'où il communiqua ses décisions à la population, laquelle approuva et acclama Porfirio. Celui-ci choisit l'appellation de "Protecteur de la commune au nom du peuple et de Sa Majesté". Plusieurs mesures furent promulguées toutes affaires cessantes : communications officielles du nouveau Conseil, rapport détaillé à l'intention du vice-roi, assorti de protestations de loyalisme envers Sa Majesté ; une proclamation enfin, succincte mais énergique, destinée à la population :

ITAGUAÏENSES !

*Un Conseil corrompu et brutal conspirait contre les intérêts du peuple et de Sa Majesté. L'opinion publique l'ayant condamné, une poignée de citoyens, fermement épaulés par les braves dragons de Sa Majesté, vient de le dissoudre dans l'opprobre, et le mandat suprême m'a été confié par un consensus unanime, en attendant que Sa Majesté s'emploie à prescrire ce qui lui semblera le mieux convenir aux intérêts de la Couronne. Itaguaïenses, je n'attends de vous rien d'autre que votre confiance, et que vous collaboriez à rétablir avec moi la paix et les finances publiques, si intolérablement mises à mal par les Conseillers, et dont le sort est désormais remis entre vos mains. Comptez sur mon absolu dévouement et soyez assurés que la Couronne sera avec nous.*

*Le Protecteur de la commune au nom du Peuple*
*et de Sa Majesté,*
*Porfirio Caetano de Neves*

Tout le monde remarqua l'entière discrétion observée dans la proclamation concernant la Maison Verte ; ce que certains interprétèrent comme le plus pur indice des intentions vengeresses du barbier. La décision pressait vu le danger accru, du fait que l'aliéniste, au beau milieu de ces graves événements, avait trouvé moyen d'enfermer à la Maison Verte quelque sept ou huit nouvelles victimes, dont deux femmes et, parmi les hommes, jusqu'à un parent du Protecteur. Ce n'était pas de sa part une provocation, non plus qu'un coup de force, mais c'est ainsi que chacun l'entendit, et tout le pays respira à la perspective que dans les vingt-quatre heures l'aliéniste serait mis aux fers, et la redoutable prison détruite.

La journée prit fin dans la joie. Tandis que le héraut avec sa matraca allait de carrefour en carrefour, déclamant la proclamation, la population se répandait dans les rues et jurait fidélité jusqu'à la mort à la cause de l'illustre Porfirio. Preuve du crédit accordé à l'action du nouveau gouvernement, les menaces contre la Maison Verte s'étaient tues. Le barbier fit promulguer un décret déclarant fériée cette mémorable journée, et il tenta de négocier auprès du curé, tant la collusion entre les pouvoirs temporel et spirituel lui paraissait de la première importance, la célébration d'un *Te Deum*; mais le père Lopes refusa sans ambages de lui prêter son concours.

– J'espère en tout cas que Votre Révérendissime ne va pas se ranger du côté de nos ennemis? lui dit le barbier en prenant son air le plus ténébreux.

A quoi le père Lopes répondit sans répondre:

– Et comment le pourrais-je puisque le nouveau gouvernement n'a pas d'ennemis?

Le barbier sourit; c'était la pure vérité. En dehors du capitaine, des conseillers, et de quelques personnalités, le pays entier lui était acquis. Encore ces mêmes personnalités, si elles ne l'applaudissaient pas des deux mains, ne s'étaient-elles pas manifestées contre lui. Chacun, docilement, était venu aux ordres. Et la presque totalité des familles bénissait le nom de celui qui allait enfin délivrer Itaguaï de la Maison Verte et du terrible Simon Bacamarte.

## 8

## *Les angoisses de l'apothicaire*

Vingt-quatre heures après les exploits relatés dans le chapitre précédent, le barbier, assisté de deux de ses adjoints, quitta le palais du gouvernement – nouvelle dénomination de l'ancienne mairie – et se rendit au domicile de Simon Bacamarte. Il n'ignorait pas que le plus orthodoxe, selon la loi, eut été de le convoquer, mais le soupçon que l'aliéniste soit homme capable de refuser de lui obéir, l'inclina à la modération et à la tolérance.

Je ne décrirai pas la terreur de l'apothicaire lorsqu'il lui vint à l'oreille que le barbier se rendait chez l'aliéniste. "Il va l'arrêter", pensa-t-il, et ses angoisses redoublèrent. En effet, les tortures morales vécues par l'apothicaire pendant ces quelques journées révolutionnaires passent toute description. Nul au monde n'eut pu se trouver jeté dans plus implacable dilemme – les familiarités que lui avait manifestées Simon Bacamarte le requéraient à ses côtés, le succès des rebelles l'inclinait du côté du barbier. Déjà la simple nouvelle du soulèvement l'avait bouleversé jusqu'au fond de l'âme, car il savait combien la haine à l'égard de l'aliéniste faisait l'unanimité. La femme de Crispim Soares, personne d'un caractère viril, et proche amie de Dona Evarista, lui démontrait que sa place était aux côtés de Simon Bacamarte ; dans le même temps son cœur lui criait que non, que la cause de l'aliéniste était entendue et personne, de son propre gré, ne lie son sort à celui d'un cadavre. "Caton, c'est vrai, *sed victa Catoni*, a su le faire, se disait-il, se souvenant des propos du père Lopes ; mais Caton ne défendait pas une cause perdue, il était cette cause, la cause de la république ; il a donc agi en égoïste, en misérable égoïste ; ma situation est différente." Comme sa femme, cependant, insistait, Crispim Soares se vit sans autre issue, dans cette crise, que la maladie ; il se déclara souffrant et s'alita.

– Porfirio est en route vers la maison du docteur Bacamarte, l'informa sa femme debout à la tête du lit, le lendemain matin et il s'est fait accompagner.

"Il va l'arrêter", pensa l'apothicaire.

Une idée en entraîne une autre ; l'apothicaire eut bientôt fait d'imaginer qu'une fois l'aliéniste prisonnier, lui aussi allait être inculpé en qualité de complice. Laquelle idée se révéla le plus efficace des vésicatoires. Crispim Soares sauta à bas du lit, dit qu'il était remis, qu'il sortait ; et faisant fi de toutes les protestations et considérations de son épouse, il se vêtit et sortit. La conviction que son mari ne pouvait qu'être allé se ranger aux côtés de l'aliéniste mit du baume au cœur de la noble femme – c'est ce que disent toutes les anciennes chroniques, notant à l'occasion avec perspicacité l'immense pouvoir moral de l'illusion ; car l'apothicaire en effet, loin de se rendre chez l'aliéniste, courut droit au Palais du gouvernement. Où, une fois entré, il se montra très étonné de n'y point trouver le barbier auquel, n'ayant pu le faire la veille car il était souffrant – et Crispim Soares de tousser avec application – il venait offrir ses services. Les dignes fonctionnaires, connaissant l'intimité existant entre l'apothicaire et l'aliéniste, apprécièrent à son juste poids cette nouvelle recrue, et traitèrent l'apothicaire avec le soin le plus extrême ; ils l'assurèrent que Sa Seigneurie ne tarderait pas ; elle avait dû se rendre à la Maison Verte pour une affaire urgente, mais elle n'allait pas tarder ; on le fit asseoir, on lui offrit des rafraîchissements, on le complimenta ; on lui dit que la cause de Porfirio avait rallié tous les patriotes ; cependant que l'apothicaire allait répétant que oui, que lui aussi n'avait jamais eu d'autre opinion, que c'est cela même qu'il entendait faire savoir à Sa Majesté.

# 9

## *Deux cas merveilleux*

L'aliéniste reçut le barbier sans le faire attendre; il lui représenta que ne disposant d'aucun moyen pour lui résister, il ne pouvait qu'obéir. Il ne demandait qu'une chose, qu'on ne l'obligeât pas à assister personnellement à la destruction de la Maison Verte.

– Votre Seigneurie fait erreur, dit le barbier après une pause, elle fait erreur en mettant au compte de notre gouvernement des intentions d'un pareil vandalisme. L'opinion publique – avec ou contre toute raison – estime que la majorité des fous hébergés dans votre établissement sont en parfaite possession de leur jugement, mais le gouvernement reconnaît que la question est de stricte obédience scientifique et loin de lui la présomption de résoudre les questions scientifiques. De plus, la Maison Verte est une institution d'utilité publique, et c'est en tant que telle que nous l'avons héritée des mains du Conseil dissout. Il existe toutefois – il faut qu'il se trouve – un arrangement intermédiaire qui restitue à tous les citoyens la paix de l'esprit.

L'aliéniste dissimulait mal sa stupéfaction; il s'attendait, avoua-t-il, à toute autre chose, l'anéantissement de l'établissement, la prison pour lui, ou l'exil, tout, sauf…

– La surprise de Votre Seigneurie, l'interrompit le barbier, vient de ce qu'elle néglige de prendre en compte la responsabilité du gouvernement. Le peuple, aveuglé par la pitié – et c'est la raison, dans le présent cas, de sa légitime indignation – peut exiger de la part du gouvernement des actions d'un certain ordre. Mais cela ne signifie nullement que le gouvernement, vu la responsabilité qui lui incombe, doive se conformer, à tout le moins intégralement, et telle est bien notre situation. Le généreux soulèvement qui a, hier, destitué un Conseil vilipendé et corrompu, a réclamé à grands cris la destruction de la Maison Verte. Mais quel gouvernement saurait se targuer d'avoir la compétence lui permettant d'éliminer la folie ? Et si les gouvernements sont impuissants à éliminer la folie, sont-ils au moins habilités à la discriminer et à l'identifier ? Pas davantage ; c'est là affaire de science. C'est dire qu'en aussi délicate affaire, notre gouvernement ne peut, ni ne doit, ni ne désire se priver du concours de Votre Seigneurie. Tout ce dont je vous prie est que nous trouvions un biais pour donner satisfaction à la population. Unissons-nous, et le peuple saura obéir. Une des solutions envisageables serait de faire sortir de la Maison Verte les malades pratiquement guéris et les maniaques légèrement atteints. Ainsi pourrons-nous, sans grand danger, faire preuve d'une certaine tolérance et de mansuétude.

– Combien de morts et de blessés y a-t-il eu hier pendant le conflit ? demanda Simon Bacamarte, au bout de quelques trois minutes.

La question laissa le barbier pris de court, puis il se reprit : il y avait eu onze morts et vingt-cinq blessés.

– Onze morts et vingt-cinq blessés ! répéta deux ou trois fois l'aliéniste.

Après quoi il déclara que la solution proposée ne lui paraissait pas convenir, mais qu'il allait se préoccuper d'en trouver une autre et ferait savoir sa réponse dans les tous prochains jours. Puis il posa une série de questions au sujet des événements de la veille : l'attaque, la défense, l'intervention et le concours des dragons, la résistance du conseil municipal, etc., le barbier répondait au fur et à mesure avec force détails, insistant particulièrement sur le discrédit où était tombé le Conseil. Porfirio reconnut que le nouveau gouvernement n'avait pas encore gagné la confiance des notables du pays, mais l'aliéniste pouvait faire beaucoup sur ce point. Le gouvernement, conclut-il, serait fort réjoui de pouvoir compter non pas, certes, sur la sympathie, chose prématurée, mais sur la bienveillance du plus haut esprit d'Itaguaï et, assurément, du royaume. Mais rien de tout ce discours n'altérait la physionomie noble et austère du grand homme, lequel enregistrait en silence, sans présomption ni modestie, impassible, tel une divinité de pierre.

– Onze morts et vingt-cinq blessés, répéta l'aliéniste, après qu'il eut reconduit le barbier jusqu'à la porte. Nous avons là deux jolis cas indubitables de maladie cérébrale. Les symptômes de duplicité et de désinvolture sont patents chez ce barbier. Quant à la débilité de ceux qui l'ont mis en place, point n'est besoin d'autre preuve que ces onze morts et vingt-cinq blessés. Deux bien beaux cas !

– Vive l'illustre Porfirio ! acclamèrent la trentaine de personnes qui l'avaient attendu à la porte lorsque réapparut le barbier.

L'aliéniste épia par une fenêtre, et il put encore entendre la fin de la petite déclaration faite par le barbier aux trente partisans qui l'ovationnaient.

– … car je veille, vous avez ma parole, je veille à ce que les volontés du peuple soient exécutées. Faites-moi confiance ; et tout se déroulera de la meilleure façon. Je vous recommande seulement la discipline. La discipline, mes amis, est la base du gouvernement…

– Vive l'illustre Porfirio ! scandèrent en chœur les trente voix, dans un grand envol de chapeaux.

– Deux bien beaux cas ! murmura l'aliéniste.

## 10

## *La restauration*

Dans les cinq jours qui suivirent, l'aliéniste relégua à l'intérieur de la Maison Verte une bonne cinquantaine de supporters du nouveau gouvernement. La population fut scandalisée. Le gouvernement, dépassé, ne savait comment réagir. João Pina, un autre barbier, répandait sur la place publique, à qui voulait l'entendre, que Porfirio "s'était vendu à prix d'or à Simon Bacamarte", déclaration qui rassembla autour de lui les plus résolus parmi les habitants. Voyant déjà son ancien rival dans l'art de manier le rasoir à la tête de l'insurrection, Porfirio comprit que sa chute allait être irrémédiable s'il ne frappait pas un grand coup ; il fit promulguer deux décrets, stipulant le premier l'abolition de la Maison Verte, le second le bannissement de l'aliéniste. João Pina fit valoir clairement, avec de grandes phrases, que l'initiative de Porfirio n'était que poudre aux yeux, un gage factice auquel le peuple ne devait pas se laisser prendre. Deux heures plus tard, Porfirio tombait ignominieusement, et João Pina endossait la lourde charge du gouvernement. Trouvant dans les dossiers les minutes de la proclamation et de l'exposé rédigé à l'adresse du vice-roi, ainsi que quelques-uns des actes inauguraux décidés par l'éphémère gouvernement de Porfirio, il s'empressa de les faire reproduire et de les expédier. Les chroniques précisent, et il fallait s'y attendre, qu'il modifia les noms, et là où l'autre barbier avait évoqué un "Conseil corrompu", son vainqueur fit mention d'"un intrus, contaminé par les doctrines françaises délétères, travaillant contre les intérêts de Sa Majesté".

Sur ces entrefaites, un détachement dépêché par le vice-roi prit ses quartiers dans Itaguaï et rétablit l'ordre. L'aliéniste presque immédiatement exigea qu'on lui livre Porfirio et une bonne cinquantaine d'individus, qu'il déclara débiles mentaux; et non seulement on lui donna satisfaction, mais on s'engagea à lui remettre dix-neuf autres partisans de Porfirio, aussitôt ces derniers remis des blessures contractées pendant le premier soulèvement.

Ce stade de la crise marqua également l'apogée de l'ascendant de Simon Bacamarte. Tout ce qu'il voulut, il l'obtint; et une preuve, parmi les plus notables, du pouvoir accru de l'illustre médecin, nous l'avons dans la promptitude avec laquelle les conseillers rétablis dans leurs fonctions réussirent à faire que Sebastião Freitas soit à son tour emmené à l'asile. Mis au courant de la versatilité surprenante du conseiller en matière d'opinion, l'aliéniste diagnostiqua une déficience pathologique et le fit embarquer. De même pour l'apothicaire. Apprenant le ralliement momentané de Crispim Soares au parti des canjicas, Simon Bacamarte ne put que faire le rapprochement avec l'approbation que l'apothicaire, la veille encore des événements, lui avait toujours manifestée, et il le fit interner. Plutôt que de nier, Crispim Soares tenta d'expliquer sa défection en disant qu'il avait cédé à un moment de terreur en voyant la rébellion sur le point de triompher; et pour preuve de sa bonne foi, il fit valoir qu'il s'en était tenu là et était retourné aussitôt se mettre au lit, malade. Simon Bacamarte ne prit pas la peine de le contredire; il se contenta d'alléguer que la terreur, elle aussi, est mère de la folie, et que le cas de Crispim Soares lui paraissait des plus exemplaires.

Mais la preuve la plus flagrante du prestige recouvré de Simon Bacamarte fut la docilité avec laquelle le Conseil dans son entier accepta de lui livrer la personne même de son président. Le digne magistrat n'avait-il pas déclaré, en pleine séance, qu'il ne saurait se contenter de moins de trente mesures de sang, pour laver l'affront subi de la part des canjicas ? Imprudence qui parvint aux oreilles du médecin grâce à une indiscrétion du rapporteur de la séance, que pareille démonstration d'énergie avait enthousiasmé. Simon Bacamarte commença par diriger le rapporteur sur la Maison Verte, puis s'en fut, séance tenante, représenter aux conseillers que leur président était atteint de la "démence des taureaux", syndrome qu'il se proposait d'étudier au bénéfice des peuples.

A dater de là, le ramassage ne connut plus de frein. Recourir ou se tenir au plus anodin des mensonges, comme à ces sortes de manigances qui profitent tout autant à leurs auteurs qu'à ceux qui les colportent, signifiait votre prompt internement. Tout était folie. Amateurs d'énigmes, auteurs de charades ou d'anagrammes, gens médisants ou curieux de la vie des autres, noceurs et galants, contrôleurs et inspecteurs trop imbus d'eux-mêmes, plus personne n'échappait aux émissaires de l'aliéniste. Celui-ci épargnait les amoureuses, mais non les femmes légères, disant que les premières cèdent à une impulsion naturelle, et les secondes à un vice. Que l'on soit avare ou que l'on soit prodigue, on était tout uniment bon pour la Maison Verte ; d'où cette constatation qu'il n'était plus de norme désormais pour décider de la bonne ou mauvaise santé mentale des individus. Certains chroniqueurs présument que Simon Bacamarte n'agit pas toujours avec une entière honnêteté ; ils versent au dossier certaine pièce, dont je ne sais si elle est recevable : Simon Bacamarte, allèguent-ils, aurait réussi à faire voter par le Conseil une ordonnance autorisant le port d'un anneau d'argent, au pouce de la main gauche, par toute personne déclarant, sans autre forme de procès – production d'un document ou consensus général –, avoir dans les veines deux ou trois onces de sang bleu. Le but inavoué de cette démarche n'aurait été autre que d'assurer la fortune d'un orfèvre, compère et ami du médecin.

Quoi qu'il en soit, et négligeant le fait que l'orfèvre en effet, à la suite de cette démarche, vit gonfler substantiellement ses revenus, le plus saillant en cette affaire est que le nombre des hôtes de la Maison Verte crût de plus belle, et décider de l'objectif véritable de l'illustre médecin serait téméraire. Quant à la raison justifiant la mise à l'ombre de tout ceux qui utilisèrent le dit anneau, c'est là un point parmi les plus obscurs de toute l'histoire d'Itaguaï ; l'explication la plus couramment reçue est que ces gens furent emmenés parce qu'ils déambulaient et gesticulaient inconsidérément dans les rues, chez eux, ou à l'église. Et les fous, comme chacun sait, gesticulent beaucoup. Mais ce n'est là que simple conjecture ; de positif, il n'y a rien.

– Jusqu'où cet homme va-t-il aller ? s'inquiétaient les notables. Ah ! que n'avons-nous appuyé les canjicas !

Un beau matin – le Conseil devait donner un grand bal le même soir – l'émotion dans le pays atteint son paroxysme lorsque le bruit courut que la propre femme de l'aliéniste venait d'être internée. Personne ne voulut y croire. Ce ne pouvait être qu'invention due à quelque mauvais plaisant. Ce ne l'était pas : c'était pure vérité. Dona Evarista avait été emmenée vers les deux heures du matin. Le père Lopes se précipita chez Simon Bacamarte et l'interrogea discrètement au sujet de l'affaire.

– Cela fait déjà un moment que je m'en doutais, répondit gravement le mari de Dona Evarista. La réserve qui a été la sienne au cours de ses deux vies conjugales ne pouvait se concilier avec le fol engouement pour les soies, les velours, les dentelles et les pierres précieuses qu'elle avait manifesté à son retour de Rio de Janeiro. Je me suis mis dès lors à l'observer. Toute sa conversation se limitait à ces seuls objets ; si par exemple je lui parlais des cours d'autrefois, il lui fallait tout de suite savoir quelle forme avaient les robes des femmes ; si, en mon absence, elle recevait la visite d'une dame, avant même de me dire la raison de cette visite, c'est la tenue de la visiteuse, appréciant certains détails, en critiquant d'autres, qu'elle me décrivait. N'est-elle pas allé imaginer – Votre Révérence s'en souvient certainement – de faire exécuter chaque année une nouvelle robe pour la statue de la Sainte Vierge dans notre église ? Autant de faits qui constituaient déjà de sérieux symptômes ; mais c'est cette nuit que s'est déclarée la démence. Elle avait choisi, préparé, fignolé la tenue qu'elle se proposait de porter pour le bal de ce soir ; elle hésitait seulement entre un collier de grenats et un autre de saphirs. Une première fois, il y a de cela deux jours, elle m'a demandé lequel elle devait mettre ; je lui ai répondu que l'un comme l'autre lui seyaient. Hier, à l'heure du déjeuner, elle m'a de nouveau posé la même question ; peu après le dîner, la voyant silencieuse et préoccupée :

– Qu'y a-t-il ? lui ai-je demandé.

– Je voudrais mettre le collier de grenats, mais le collier de saphirs est si joli...

– Hé bien, mets-le !

– Mais alors, celui de grenats ?

Finalement la soirée a couru sans autre nouveauté, nous avons soupé, nous sommes mis au lit. Au milieu de la nuit, vers les une heure, une heure et demie du matin, je me suis réveillé et, ne la voyant pas auprès de moi, je suis allé voir dans sa garde-robe où je l'ai trouvée devant la glace, aux prises avec ses deux colliers, essayant l'un puis l'autre. Cette fois, à n'en pas douter, c'était la démence ; je l'ai aussitôt hospitalisée.

La réponse ne suffit pas convaincre le père Lopes, mais il se garda de commenter. L'aliéniste, toutefois, devina, et il lui précisa que l'affection dont souffrait Dona Evarista était une variété de "manie somptuaire", affection des plus curables et qu'il importait en tous les cas d'étudier.

– Je pense la remettre sur pied dans les six semaines, conclut-il.

L'abnégation de l'illustre médecin lui valut un nouveau lustre. Inventions, suspicions, suppositions, toutes les rumeurs sombrèrent. N'avait-il pas, sans la moindre hésitation, hospitalisé sa propre femme, qu'il aimait plus que tout au monde ? Personne désormais n'avait le droit de s'opposer à lui – et moins encore de le soupçonner de visées étrangères à la science.

C'était un homme d'une austère et grande noblesse, un Hyppocrate doublé d'un Caton.

## 11

## *La stupeur d'Itaguaï*

Et que maintenant le lecteur se prépare à éprouver la stupeur qui fut celle de la petite cité, lorsqu'un beau jour la nouvelle se répandit que tous les fous internés dans la Maison Verte allaient recouvrer la liberté.

– Tous ?

– Tous.

– C'est impossible ! Quelques-uns, peut-être, mais tous...

– Tous. C'est en tout cas ce qui est dit dans le communiqué qu'il a fait remettre ce matin au conseil municipal.

De fait l'aliéniste, dans ce communiqué, exposait :

1) qu'il apparaissait, statistiques faites, que les quatre cinquième des habitants d'Itaguaï se trouvaient enfermés à la Maison Verte.

2) que ce déplacement massif de population l'avait conduit à réexaminer les fondements de sa théorie concernant les affections cérébrales, théorie qui récusait la maîtrise de la raison dans tous les cas où l'équilibre se révélerait relatif et sporadique.

3) que venant se joindre aux données statistiques, cet examen l'avait conforté dans une nouvelle conviction : la vraie doctrine n'était pas celle qu'il avait adoptée initialement mais la doctrine opposée ; et que donc il s'imposait de considérer comme normaux et exemplaires les états même

de déséquilibre, les autres cas au contraire, où l'équilibre ne connaissait pas d'éclipse, signalant un risque pathologique.

4) que ceci étant, il informait le Conseil de son intention de remettre en liberté toutes les personnes retenues dans son établissement, et d'accueillir à leur place celles présentant les conditions ci-dessus exposées.

5) que s'agissant de découvrir la vérité scientifique, il ne négligerait aucun effort, de quelque nature que ce soit, et attendait du Conseil un égal dévouement.

6) qu'il restituait à la commune et aux personnes privées les allocations et sommes reçues pour la pension des supposés fous, défalquées des frais effectivement engagés pour leur entretien, alimentation, blanchissage, etc., les livres de comptes et les coffres de l'établissement étant à l'entière disposition des conseillers pour vérification.

La stupeur dans Itaguaï fut colossale ; et la joie des parents et amis des reclus toute aussi égale. Soupers, bals et galas, rien ne fut de trop pour célébrer un événement aussi faste. Ces fêtes, je ne les décris pas, elles ne font pas partie de notre propos. Mais elles furent splendides, émouvantes et prolongées.

Ainsi vont les choses humaines ! Nul, dans la fièvre des réjouissances déclenchées par le communiqué de Simon Bacamarte, ne prêtait attention à la dernière phrase du quatrième alinéa, pourtant grosse d'incidents à venir.

## 12

### *La fin du quatrième alinéa*

Les lumières s'éteignirent, les familles se reconstituèrent. Tout semblait avoir retrouvé son train d'antan. L'ordre régnait, le conseil municipal exerçait de nouveau ses fonctions sans la moindre pression extérieure; le président et Sebastião Freitas avaient l'un et l'autre retrouvé leur siège; enseigné par les événements, et ayant fait, ainsi qu'il est dit de Napoléon, "le tour de toute chose" – et même davantage puisqu'à Napoléon fut épargnée la Maison Verte –, le barbier Porfirio jugea préférable de troquer les lustres calamiteux du pouvoir au bénéfice de la gloire obscure du rasoir et du blaireau; il fut, c'est vrai, traduit en justice; mais la population entière implora la clémence de Sa Majesté; et il fut pardonné. João Pina lui aussi, attendu qu'il avait débouté un rebelle, fut absout; et les chroniqueurs pensent que notre adage: *à voleur qui vole un voleur, cent ans de pardon et de bonheur* date de ce verdict, adage immoral sans doute, mais bien utile.

Non seulement les plaintes qui s'étaient succédées contre l'aliéniste tarirent, mais jusqu'au ressentiment soulevé par les actions dont il s'était rendu responsable disparut. Mieux encore: à peine les eut-il déclarées saines d'esprit, les personnes qu'il avait abusivement retenues entre les murs de la Maison Verte, furent envahies à son endroit d'une profonde reconnaissance et d'un fervent enthousiasme.

Plusieurs d'entre elles estimèrent que l'aliéniste méritait de leur part une attention particulière et elles donnèrent un bal en son honneur, bal qui fut suivi d'autres bals et d'autres soupers. La chronique rapporte également que Dona Evarista au début pensa se séparer de son époux, mais la douleur de perdre la compagnie d'un aussi grand homme eut raison de ses sentiments de rancœur et d'amour-propre, et le couple sembla très vite jouir d'une félicité plus grande encore que celle d'antan.

L'amitié elle-même entre l'apothicaire et le médecin redevint tout aussi intime. La prudence, en temps de révolution, est bien la mère de toutes les vertus, conclut Crispim Soares de la conduite de Simon Bacamarte, et il apprécia grandement la magnanimité avec laquelle l'aliéniste, en lui rendant la liberté, sut lui tendre la main d'un vieil ami.

– C'est un grand homme, dit-il à sa femme, se reportant à ces circonstances.

Point n'est besoin de parler du fabricant de selles, du Costa, du Coelho, de Martim Brito et autres que nous avons nommés ici ; il nous suffit de dire que tous retrouvèrent l'usage de leur liberté passée. Martim Brito, par exemple, que ses dithyrambes à l'adresse de Dona Evarista avaient placé en si triste posture, put en déclamer autant en l'honneur de l'insigne homme de science "dont le génie éminent, déployant ses ailes au-dessus du sol, laisse loin derrière les autres esprits de la terre".

– Je vous remercie pour ces bonnes paroles, lui rétorqua l'aliéniste, et, pour l'instant, je ne me repends pas de vous avoir restitué votre liberté.

Le Conseil toutefois, qui avait pris acte du communiqué de Simon Bacamarte, en se réservant de statuer en temps opportun quant au final du quatrième alinéa, se mit enfin en demeure de se prononcer sur ce point. Et fut ainsi adoptée, sans débat, une ordonnance autorisant l'aliéniste à recueillir dans son établissement toute personne estimant jouir du plein équilibre de ses facultés mentales. Et, les conseillers se souvenant de leur douloureuse expérience, fut également stipulée cette clause restrictive que ladite autorisation, puisque n'ayant d'autre fin que la mise à l'épreuve de la nouvelle hypothèse psychologique, serait provisoire et limitée à un an, le Conseil se réservant le droit, si le maintien de l'ordre public le rendait nécessaire, de fermer la Maison Verte avant même l'expiration de ce délai. Sebastião Freitas proposa un amendement supplémentaire prévoyant qu'en aucun cas un conseiller ne pourrait être isolé dans la maison des fous, amendement qui fut entendu, voté et inclus dans le texte de l'ordonnance, au mépris des protestations du conseiller Galvão. Ce conseiller, en effet, avançait comme argument principal que, légiférant à propos d'une expérience scientifique, le Conseil ne pouvait se permettre de préserver ses membres de l'application de la loi ; pareille dérogation serait aussi odieuse que ridicule. A peine eut-il prononcé cette remarque sévère, les conseillers se récrièrent en chœur contre la témérité et l'inconscience de leur collègue ; mais celui-ci les laissa dire et se contenta de confirmer qu'il votait contre la dérogation.

– Notre charge, précisa-t-il en conclusion, ne nous concède aucun passe-droit, ni ne nous exclut nullement de la vie de l'esprit.

Simon Bacamarte accepta l'ordonnance avec toutes ses restrictions. Quant à la dérogation prévue en faveur des membres du Conseil, il déclara qu'il aurait profondément ressenti, en effet, d'avoir à leur ouvrir les portes de la Maison Verte ; la clause introduite était la preuve qu'ils ne jouissaient pas du plein équilibre de leurs facultés mentales. Tel n'était guère le cas, par contre, du conseiller Galvão, dont le discernement manifesté par son objection d'une part, et la modération face aux invectives de ses congénères d'autre part, trahissaient la parfaite organisation de son cerveau ; à telle enseigne qu'il priait le Conseil de lui remettre l'objecteur. Le Conseil, encore sous le coup de l'offense, prit la demande de l'aliéniste en considération et vota à l'unanimité la remise du conseiller Galvão.

On a compris que, selon la nouvelle théorie, il ne suffisait plus d'un acte ou d'une parole, pour être dirigé séance tenante sur la Maison Verte ; un examen prolongé, une enquête détaillée portant sur le passé comme sur le présent devenaient nécessaires. Le père Lopes, par exemple, fut arrêté trente jours, et la femme de l'apothicaire quarante jours après le vote de l'ordonnance. La réclusion de cette dame remplit Crispim Soares d'indignation. Il sortit de chez lui écumant de colère, et déclarant à qui voulait l'entendre qu'il allait de ce pas arracher les oreilles du tyran. Ce qu'apprenant, un quidam, cependant adversaire du médecin, se précipita, oubliant les raisons de leur désaccord, chez Simon Bacamarte pour le prévenir du danger qui le menaçait. L'aliéniste se montra touché par semblable démarche de la part d'un adversaire, et il lui fallut peu de temps pour mesurer l'intégrité de ses mobiles, sa bonne foi, sa générosité ; il lui serra la main avec chaleur et l'interna sans plus attendre.

– C'est là un cas peu courant, dit-il à sa femme interdite. Et maintenant attendons notre Crispim.

Crispim Soares entra. La douleur avait supplanté la rage. L'apothicaire n'arracha pas les oreilles de l'aliéniste. Celui-ci sut consoler son familier, le rassurer, le cas n'était pas perdu, sans doute sa femme souffrait-elle d'une lésion cérébrale qu'il lui fallait détecter, il allait l'examiner avec le plus grand soin ; mais la laisser aller librement avant d'avoir pris cette précaution eut été manquer à ses devoirs. Et réunir les deux époux, car la malice et la rouerie du mari pouvait d'une certaine façon corriger la beauté morale qu'il avait découverte chez la femme, lui paraissant avantageux, il poursuivit :

– Vous travaillerez comme toujours dans votre officine, mais vous viendrez déjeuner et dîner ici, en compagnie de votre femme, et vos nuits, les dimanches et jours fériés, vous les passerez près d'elle.

La proposition jeta le malheureux apothicaire dans la situation de l'âne de Buridan. Il ne souhaitait que vivre en compagnie de sa femme, mais réintégrer la Maison Verte le terrifiait, et le dilemme le laissa un bon moment sans voix, jusqu'à ce que Dona Evarista vienne à son secours en s'engageant à visiter son amie et à servir de messagère entre sa femme et lui. Crispim Soares reconnaissant, baisa les mains de Dona Evarista. Ce dernier trait de pusillanimité égoïste parut sublime à l'aliéniste.

Au bout du cinquième mois, dix-huit personnes étaient hébergées à la Maison Verte ; mais Simon Bacamarte ne se laissait pas démonter ; il allait de rue en rue, de maison en maison, guettant, scrutant, interrogeant. Et lorsque le sort lui fournissait un malade, il le cueillait avec la même joie que celle éprouvée naguère lorsqu'il en récoltait par douzaines. Cette proportion confirmait du reste la nouvelle hypothèse : enfin la véritable énigme de la pathologie cérébrale était levée. Et l'aliéniste réussit même un jour à interner le juge de district ; mais il procédait avec un tel scrupule qu'il ne le fit qu'après avoir étudié de la façon la plus minutieuse tous les comportements du juge et s'être renseigné auprès des notables du pays. Plus d'une fois il avait failli recueillir des personnes parfaitement déséquilibrées ; ainsi cet avocat, chez lequel il avait décelé un tel ensemble de qualités morales et mentales qu'il avait estimé dangereux de le laisser aller en liberté. L'aliéniste l'envoya cueillir ; mais l'agent qu'il dépêcha, parce qu'insuffisamment convaincu, prit sur lui d'opérer une dernière vérification, il se rendit chez un collègue, lui demanda d'établir un faux testament, et lui recommanda les services de Saluste, l'avocat en question.

– Le Saluste ? Tu crois que… ?

– J'en mets ma main au feu. Dis-lui tout, l'entière vérité, quelle qu'elle soit, et confie-lui l'affaire.

L'homme, donc, se rendit chez l'avocat, confessa qu'il avait rédigé un faux, et lui demanda pour terminer de se charger de l'affaire. L'avocat, loin de se dérober, accepta, il étudia le dossier, plaida longuement l'affaire, et fit la preuve en pleine lumière que le document était plus qu'authentique. Le tribunal reconnut solennellement l'innocence de l'accusé, auquel revint l'héritage. Cette mise à l'épreuve valut la liberté au digne magistrat. Mais rien n'échappe à un esprit original et pénétrant. Simon Bacamarte, qui avait remarqué depuis un moment le zèle, la sagacité, la patience et la modération de son agent, apprécia avec quelle habileté et perspicacité il avait su mener à bien une mission aussi délicate ; il en conclut qu'il convenait de l'interner au plus vite ; reconnaissons qu'il le logea dans une des meilleures cellules de la Maison Verte.

Les fous, à l'intérieur de l'asile, avaient été distribués par genre : une galerie pour les humbles, c'est-à-dire ceux qui se distinguaient par cette perfection morale ; une autre pour les tolérants ; une troisième pour les loyaux, une encore pour les candides et une pour les purs, une enfin pour les perspicaces et une dernière réservée aux magnanimes. Les parents et amis des reclus, il va sans dire, se récriaient hautement contre la théorie ; et un certain nombre parmi eux tentèrent d'obtenir du Conseil l'annulation de l'ordonnance. Le Conseil, cependant, n'avait pas oublié le langage du conseiller Galvão ; suspendre l'ordonnance serait voir celui-ci recouvrer la liberté et retrouver son siège ; aussi, ils refusèrent. Simon Bacamarte leur fit aussitôt parvenir un communiqué, non pas pour les remercier, mais pour les féliciter d'un acte de pareille vengeance.

Bernés et ayant perdu foi en la légalité, quelques notables du pays recoururent alors en secret au barbier Porfirio ; ils l'assurèrent de leur appui, lui garantirent subsides et protection auprès de la cour, le priant de prendre la tête d'une nouvelle action fomentée contre le conseil municipal et l'aliéniste. Le barbier se récusa ; l'ambition, une première fois, l'avait conduit à transgresser la loi, mais il s'était amendé, avait reconnu son erreur, et fait la triste expérience de la versatilité de ses partisans ; le Conseil avait jugé bon d'autoriser la nouvelle expérience du médecin pendant un an ; et donc il s'imposait soit d'attendre que le contrat vienne à échéance, soit d'en référer à la Couronne. Jamais, au grand jamais, quant à lui, il ne conseillerait de recourir à une méthode qu'il avait vu faillir entre ses mains, au prix, qui plus est, de morts et de blessures qui lui seraient une éternelle source de remords.

– Que me contez-vous là ? demanda l'aliéniste lorsqu'un agent secret lui rapporta la réponse faite par le barbier aux notables du pays.

Deux jours après, le barbier était reconduit à la Maison Verte. "Enfermé pour vilenie, enfermé pour honnêteté !", s'exclama le malheureux.

Le délai accordé arrivé à expiration, le conseil municipal octroya une prolongation de six mois afin de parfaire l'expérimentation des nouvelles méthodes thérapeutiques. Le dénouement de cet épisode de l'histoire d'Itaguaï est de tel ordre, et si inattendu, qu'il mériterait un compte rendu d'au moins une bonne dizaine de chapitres ; un seul cependant me suffira, qui mettra le point final à ce récit, et qui constitue un des plus beaux exemples de conviction scientifique et d'abnégation morale jamais rencontré.

## 13

## *Toujours mieux*

L'heure de passer à la thérapie était venue. Efficace et perspicace lorsqu'il s'était agi de dépister les malades, Simon Bacamarte se surpassa encore en clairvoyance et diligence, dès lors qu'il entreprit de les traiter. Tous les chroniqueurs s'accordent là-dessus : l'illustre aliéniste réussit des cures prodigieuses, qui provoquèrent l'admiration la plus extrême dans Itaguaï.

Il eut été plus difficile, en effet, de concevoir un système thérapeutique plus rationnel. Les fous ayant été distribués par genre, selon la perfection morale qui prévalait en chacun, Simon Bacamarte s'employa à attaquer de front cette qualité prédominante. Supposons le cas de l'humilité. L'aliéniste appliquait la médication susceptible d'inoculer le sentiment exactement opposé ; il ne recourait pas sur-le-champ aux doses maximales, – il graduait selon l'âge, le tempérament, l'état, la condition sociale du dément. Il suffisait parfois d'un frac, d'une perruque, d'une canne, d'un ruban pour rétablir l'équilibre mental du patient ; pour d'autres cas, l'affection se montrant plus rebelle, bijoux, bagues et brillants, distinctions honorifiques devenaient l'arsenal du médecin. Il se trouva un malade, un poète, sur lequel rien ne fit, Simon Bacamarte commençait à désespérer de parvenir à le guérir, quant il lui vint à l'idée de convoquer la matraca et de faire publier qu'existait dans le pays un rival de Pindare et de Garção.

– Un saint remède, commenta la mère du malheureux à une commère, ça a été un saint remède.

Un autre malade, souffrant lui aussi d'une modestie excessive, se montra tout aussi récalcitrant envers le traitement ; mais il n'était pas écrivain (c'est à peine s'il savait signer son nom) ; c'est dire que le remède de la matraca ne pouvait servir. Simon Bacamarte se souvint d'une possibilité de solliciter pour lui un poste de secrétaire de l'Académie des occultistes, sise à Itaguaï. La nomination aux postes de président et de secrétaires de cette académie dépendait directement de la juridiction royale, par une grâce spéciale du défunt roi Dom João V, et elle donnait droit au titre d'Excellence et au port d'une plaque en or sur la coiffure. Le gouvernement de Lisbonne refusa d'accorder le diplôme demandé ; mais l'aliéniste ayant fait valoir que la demande avait été faite non pas à titre de distinction honorifique ou de promotion due à un mérite particulier, mais uniquement en tant que méthode thérapeutique, dans un cas particulièrement épineux, le gouvernement, exceptionnellement, accepta de lui donner satisfaction ; encore fallut-il, précisons-le, faire intervenir le ministre de la Marine et d'Outre-Mer, qui se trouvait être un parent du patient. Ce fut là un autre saint remède.

– Admirable, réellement c'est admirable ! se répétait-on dans le pays, devant l'expression saine et enorgueillie des deux ex-aliénés.

Telle était la méthode. On imagine le reste. Chaque beauté morale ou mentale était attaquée sur le front même où elle paraissait le plus inaltérable ; et le résultat était sûr. Pas toujours cependant. Il se présenta quelques cas où la vertu prédominante résista à toutes les tentatives de médication ; l'aliéniste alors, procédant selon la stratégie toute militaire qui consiste à déplacer l'attaque en un autre point de la forteresse, portait ses efforts sur un autre front.

Au bout de cinq mois et demi – tous les déments guéris! La Maison Verte était vide. Le conseiller Galvão, si cruellement affligé d'équité et de modération, eut la chance insigne de perdre un oncle; je dis chance, parce que l'oncle ayant laissé un testament des plus ambigus, le conseiller sut manœuvrer pour écarter les autres ayants droit, et obtenir des juges, en les achetant, l'interprétation pour lui la plus favorable. La droiture de l'aliéniste apparut avec évidence à cette occasion; il reconnut ingénument n'avoir eu aucune part dans la guérison, attribuable à la seule *vis medicatrix* de la nature. Avec le père Lopes, les choses se déroulèrent de façon différente. Sachant qu'il ignorait totalement le grec et le latin, l'aliéniste le chargea de rédiger un commentaire critique des anciennes écritures. Le père Lopes s'exécuta, et dans les meilleurs délais; deux mois plus tard, il était l'auteur d'un livre, et libre. Quant à la femme de l'apothicaire, elle ne resta pas longtemps dans la cellule qu'on lui avait attribuée et où, du reste, les démonstrations d'affection ne lui avaient pas manqué.

– Mais pourquoi Crispim ne vient-il pas me voir? demandait-elle jour après jour.

Une excuse par-ci, une excuse par-là, il fallut bien un jour lui dire toute la vérité. La digne matrone ne put contenir son indignation, ni déguiser son humiliation. Dans le feu de la colère des expressions telles que: "Ingrat!... Vaurien!..." et jusque: "Ah, le traître! Un vaurien qui s'est fait construire une maison à coups d'onguents frelatés ou pourris!" lui échappèrent.

Vraies ou fausses, les accusations portées par la malheureuse femme suffisaient à faire la preuve, estima Simon Bacamarte, qu'elle avait enfin récupéré le nécessaire déséquilibre de ses facultés, et il la libéra sur-le-champ.

Si, maintenant, vous imaginez que l'aliéniste fut ravi de voir le dernier occupant quitter la Maison Verte, vous démontrez lourdement que vous ne connaissez pas encore notre homme. *Toujours de l'avant!* telle était sa devise. Il ne lui suffisait pas d'avoir découvert la véritable explication de la folie; il ne se contentait pas d'avoir rétabli le règne de la raison à Itaguaï. *Toujours de l'avant!* Et loin de se féliciter, il demeura préoccupé, méditatif; quelque chose l'avertissait que la nouvelle théorie recelait en elle les germes d'une autre théorie, infiniment plus novatrice.

– Voyons, se dit-il, voyons si je vais atteindre enfin à la vérité des vérités.

Ainsi s'encourageait notre aliéniste, tout en arpentant la vaste pièce où figurait la bibliothèque la plus riche de tous les territoires d'Outre-Mer de Sa Majesté. Une confortable robe d'intérieur, resserrée à la taille par un cordon de soie terminé par deux glands en or (cadeau d'une université), drapait sa silhouette austère et majestueuse. La perruque dissimulait l'ample et noble calvitie acquise au long de ses cogitations quotidiennes. Ses pieds, ni déliés ni féminins, pas plus que larges et puissants, étaient glissés dans des chaussures à simple boucle de laiton. On aura noté ce détail que le seul luxe dans sa vêture lui venait de son engagement scientifique; tout ce qui tenait à sa seule personne portait la marque de la modération et de la simplicité, deux vertus si parfaitement conformes au naturel d'un savant.

Simon Bacamarte allait de la sorte d'un bout à l'autre de l'immense bibliothèque, perdu dans ses pensées, étranger à toute préoccupation autre que l'énigme ténébreuse qu'est la pathologie du cerveau lorsque, soudain, il s'arrêta. Debout devant une fenêtre, son coude gauche dans le creux de sa main droite, et le menton appuyé sur son poing gauche, il se fit cette question:

– Étaient-ils fous vraiment, et je les aurais guéris, – ou ce que j'ai cru être une guérison n'a-t-il été que la découverte d'un constant déséquilibre dans le cerveau ?

Et voici, creusant plus avant, à quel résultat il aboutit : les cerveaux bien organisés qu'il venait de réformer étaient à coup sûr tout aussi déséquilibrés que les autres. Oui, se disait-il, je ne puis avoir la prétention de leur avoir insufflé un sentiment ou une faculté qu'ils n'avaient pas en eux ; l'un et l'autre existaient, à l'état latent, certes, mais ils existaient.

Parvenu à cette conclusion, l'aliéniste se trouva partagé entre deux sensations contradictoires, la première de satisfaction, l'autre d'abattement. De satisfaction, parce qu'au terme de longues et patientes investigations, d'un travail opiniâtre, d'une lutte titanesque avec la population, il pouvait en conscience affirmer cette vérité : il n'y avait pas un malade mental dans tout Itaguaï. Mais à peine formée cette première idée qui lui réjouit l'âme, une seconde s'imposa, qui neutralisa l'effet de la première. Pas un fou dans tout Itaguaï ? Pas un cerveau harmonieux ? Allons donc ! Une conclusion aussi absolue ne pouvait qu'être erronée, et donc, ne venait-elle pas ruiner le bel et majestueux édifice de la nouvelle doctrine psychologique ?

La consternation qui s'empara alors de l'âme de Simon Bacamarte est décrite par la chronique comme l'une des tourmentes morales les plus éprouvantes qui se soient abattues sur un humain. Mais les tourmentes ne terrassent que les faibles ; les forts mobilisent contre elles toutes leurs énergies et défient l'ouragan. Au bout d'une vingtaine de minutes, le visage de l'aliéniste s'illumina d'une clarté apaisée.

“Oui, pensa-t-il, oui, ce ne peut être que cela.”

Cela, c'est-à-dire ceci : se découvrant toutes les caractéristiques de l'équilibre mental le plus accompli, Simon

Bacamarte venait de comprendre qu'il possédait l'exacte sagacité, la patience, la persévérance, la tolérance, l'authenticité, la vigueur morale et la loyauté, bref l'ensemble même de qualités qui peuvent donner un parfait dément. Il fit bientôt marche arrière, évidemment, en arriva même à conclure qu'il s'illusionnait ; mais étant un homme circonspect, il décida de réunir en conseil un groupe de ses amis et de s'en remettre à leur jugement. L'opinion générale corrobora sa première impression.

– Pas un défaut ?

– Pas un, ponctua l'assemblée d'une seule voix.

– Aucun vice ?

– Pas le moindre.

– La perfection alors ?

– La perfection.

– Non, c'est impossible, se récria l'aliéniste. Je ne me sens aucunement, je vous assure, cette supériorité que je viens de voir définir avec une telle magnificence. Votre sympathie vous égare. J'ai beau m'examiner, je ne trouve rien qui justifie les excès de votre bonté.

L'assemblée insista ; l'aliéniste résista ; finalement le père Lopes, en bon observateur, eut l'argument le plus convainquant :

– Vous savez la raison pour laquelle vous vous refusez à reconnaître en vous les qualités que nous admirons ? C'est parce que vous possédez encore une qualité qui rehausse toutes les autres : la modestie.

C'était sans appel. Simon Bacamarte courba la tête, allègre et triste à la fois, et à tout prendre plus allègre que triste. Il s'en fut sur le champ s'interner dans la maison des fous. Sa femme et ses amis eurent beau lui représenter qu'il reste, qu'il était parfaitement sain et équilibré, rien n'y fit : pas plus leurs supplications que leurs propositions, ni les larmes ne l'ébranlèrent un seul instant.

– C'est affaire de science, leur opposait-il ; il s'agit d'une nouvelle doctrine, dont je suis le premier spécimen. Je rassemble en moi la théorie et la pratique.

– Simon, répétait sa femme, Simon, mon amour ! le visage baigné de larmes.

Mais l'illustre médecin, le regard brillant de conviction scientifique, demeura sourd à l'amoureuse détresse de son épouse, il la repoussa doucement Une fois la porte de la Maison Verte refermée sur lui, il ne fit plus que s'adonner à l'étude et à sa propre guérison. La chronique rapporte qu'il mourut au bout de dix-sept mois, dans l'état même où il était entré, sans être arrivé à rien. Certains vont jusqu'à faire cette supposition qu'il n'y eut jamais d'autre fou dans Itaguaï que lui ; mais cette rumeur, qui se propagea dès que l'aliéniste eut poussé le dernier soupir, n'a d'autre fondement que la rumeur elle-même ; rumeur d'ailleurs des plus suspectes, car elle serait due au père Lopes, dont on sait avec quelle flamme il avait souligné les qualités du grand homme. Quoi qu'il en soit, les funérailles s'effectuèrent en grande pompe et avec une rare solennité.

Cyro dos Anjos
*Belmiro (Belo Horizonte 1935)*

Adolfo Caminha
*Rue de la Miséricorde*

Lúcio Cardoso
*Chronique de la maison assassinée*
*Inácio*

Fernando Henrique Cardoso
*Les Idées à leur place*

Bernardo Carvalho
*Mongolia*

Euclides da Cunha
*Hautes Terres*

Autran Dourado
*La Mort en effigie*
*Le Portail du monde*

Carlos Drummond de Andrade
*Conversation extraordinaire avec une dame de ma connaissance*

João Guimarães Rosa
*Premières histoires*

Evelyne Heuffel
*L'Absente du Copacabana Palace*

Maria Carolina de Jesús
*Journal de Bitita*

J.M. MACHADO DE ASSIS
*Ce que les hommes appellent Amour*
*Dom Casmurro*
*Esaü et Jacob*
*Mémoires posthumes de Brás Cubas*
*La Montre en or*
*Quincas Borba*

Cornelio PENNA
*La Petite Morte*

Rachel DE QUEIROZ
*Maria Moura*

Tabajara RUAS
*La Fascination*

Luiz RUFFATO
*Tant et tant de chevaux*

Herberto SALES
*Les Visages du temps*

Silviano SANTIAGO
*Stella Manhattan*

Antônio TORRES
*Cette terre*

Dalton TREVISAN
*Le Vampire de Curitiba*

Ariano SUASSUNA
*La Pierre du royaume*

Vinicius VIANNA
*La Dernière Ligne*

*Cet ouvrage a été composé par*
*Atlant'Communication*
*aux Sables-d'Olonne (Vendée)*

*Impression réalisée sur CAMERON par*

BUSSIÈRE
GROUPE CPI

*à Saint-Amand-Montrond (Cher)*
*en septembre 2005*

N° d'édition : 24101002 – N° d'impression : 053332/1
Dépôt légal : mars 2005

*Imprimé en France*